范武子

刘培义 著

郑州大学出版社

图书在版编目（CIP）数据

范武子／刘培义著. — 郑州：郑州大学出版社，2023.8
（2024.6 重印）
ISBN 978-7-5645-9767-2

Ⅰ. ①范… Ⅱ. ①刘… Ⅲ. ①传记文学 – 中国 – 当代
Ⅳ. ①I125

中国国家版本馆 CIP 数据核字（2023）第 105022 号

范武子
FAN WUZI

策划编辑	李勇军	封面设计	孙文恒
责任编辑	暴晓楠	版式设计	孙文恒
责任校对	王晓鸽	责任监制	李瑞卿

出版发行	郑州大学出版社（http://www.zzup.cn）
地　　址	郑州市大学路 40 号（450052）
出 版 人	孙保营
发行电话	0371-66966070
经　　销	全国新华书店
印　　刷	永清县晔盛亚胶印有限公司
开　　本	890 mm×1 240 mm　1／32
印　　张	6.5
字　　数	128 千字
版　　次	2023 年 8 月第 1 版
印　　次	2024 年 6 月第 2 次印刷

书　　号	ISBN 978-7-5645-9767-2	定　　价	48.00 元

前　言

　　范武子，春秋时期的著名政治家。在那个名家辈出、诸子璀璨的年代，范武子始终以完美的人格和高度的智慧，驰骋于晋国政坛。他灭赤狄、受黻冕、将中军，在自己最巅峰的时刻悄然身退，保全了自己宗族的安全和邦国的安定。他言依于信，行依于义，和而不谄，廉而不矫，直而不亢，威而不猛，纳谏不忘其师，言身不失其友。最终将一个完美的形象留在了那个春秋时代。

　　本书从范武子的生平逐步展开，分析和阐述了范武子以晋文公车右的身份进入历史舞台，到功成身退，辅佐自己的儿子范文子成为一代政治家，直到他离开世间的经历。范武子在世七十余年，为华夏留下了珍贵的品格和范氏一脉。他是范氏得姓始祖，是受到诸多历史典籍推崇的一位伟大的贤人。

1

本书介绍了范武子之德、范武子之法，在搜集整理历史文献的同时，力求全方位地给读者展现一个立体的人物形象。笔者阅读整理了《左传》《史记》《国语》等正史文献，更搜集了其他关于范武子的相关资料，最终塑造了一个有着高尚德行的哲人形象。他和祖父士蒍、儿子范文子一起，共同撑起了晋国的法度，为后世法家思想的成熟确立了方向。范武子的完美形象还直接影响了其子范文子、其孙范宣子，三代人的谦让，使得范氏一族在晋国那个光怪陆离的政治舞台上叱咤一百多年。

本书探讨并剖析了范氏与汉高祖刘邦的关系。众多史料从某一方面阐述了刘邦的出身，指向了刘邦先祖为范武子次子士雃。因士雃随父亡秦，而未能返晋，支系留在秦国，他便复先祖刘累的姓氏，改范氏为刘氏。笔者搜集和剖析了相关论据和疑点，并留给读者去进一步思考论证。

士会食邑于随而叫随武子，食邑于范而叫范武子。本书同时介绍了随邑、范邑的相关历史，特别对范邑的古往今来进行了详尽的介绍，以期此书的读者对范武子能有更深、更详尽的了解。

因笔者水平有限，在搜集整理和解读文献之时，难免存在一定的谬误，肯请读者批评指正！

目　录

第一章　家世

范武子，祁姓，士氏，名会，字季。先封于随，称随会；又封于范，称范会。常以大宗本家氏号，所以一般称作士会。因谥号为武，爵位为子爵，故又称范武子。范武子是范氏得姓始祖。在历史记载中，常用士会、士季、范会、随会、随季、范子、武季、随武、范武子等名。

范武子是御龙氏刘累之后，士蒍之孙，成伯缺之子，春秋时期晋国著名的政治家、军事家，官拜中军将、太傅之职。他生于周惠王十七年（公元前660年），卒于周简王三年（公元前583年），在世七十八年。

一、先祖

1. 刘累

据《新唐书》记载，范氏出自祁姓，帝尧裔孙刘累之后。昔日刘累学扰龙，负责为夏王孔甲豢养龙，因此赐御龙氏，并代行豕韦国君。刘累迁至河南鲁山县，至商其后裔为豕韦氏。商末，后裔再封于唐。周成王灭唐并封自己的宗族，将唐氏徙封于杜。杜伯侍奉周宣王，没有任何罪过却被杀戮，"宋四大书"之《太平广记》中，有关于杜伯的故事记载。杜伯之子杜隰叔逃奔到晋国，并在晋国生下儿子芴。芴，字子舆，在晋国任士师之职，于是便以官为氏，称作士芴。芴生成伯缺，缺生士会。士会为晋国上卿，先后辅佐文公、襄公。因士会尊事天子为诸侯盟主，后又灭赤狄有功，周天子赐黻冕之服，并加封太傅，将范地作为士会的食邑。又因士会谥"武"字，因此，士会被称作范武子。

范武子之孙范宣子也曾说："祖自虞以上为陶唐氏，在夏为御龙氏，在商为豕韦氏，在周为唐杜氏，晋主夏盟为范氏。"东晋时期著名的山水田园诗人陶渊明便是陶唐氏后裔，他曾写过《命子》，诗中写道：

悠悠我祖，爰自陶唐。

遽为虞宾，历世重光。

御龙勤夏，豕韦翼商。

穆穆司徒，厥族以昌。

陶唐氏和御龙氏都是古老的姓氏。因为年代久远，历史上关于御龙氏刘累的记载，并不多见。最常见的记载是关于刘累为夏王孔甲豢龙之事：

夏朝孔甲即位后，喜欢信奉鬼神，胡作非为。夏朝从此开始道德败坏，威望衰微，诸侯们也因此纷纷背叛于他。后来天上降下一雌一雄两条龙，二龙不服人养，便满野攫食人家鸡犬豚彘。偶有小孩子出游，也被龙所攫食。人民大怨，欲设法杀掉二龙。孔甲听到后，下令禁止人民捕杀二龙，但他自己不擅喂养，一时又寻觅不到豢养龙的家族。

陶唐氏衰败之后，有一个名叫刘累的后裔，曾经在豢龙氏家族那里学习过驯养龙，听说孔甲访求豢龙者，便应命而来。孔甲非常开心，便让刘累豢龙，更赐封他为御龙氏，并将豕韦后代的封地赐封给他。

一开始，刘累请孔甲准备三千卫士，扮作二十八星宿，做苍龙、鹑火、白虎、玄枵之形，并以旌旗做幡幢、舆盖之状，以此代表云霞。准备了大鼓、火炮、竹石之声，以此代表雷鼓。做闪光以代表闪电，燃烧蕰草产生的烟气代表雾，造大车鼓扇代替风。制造连环机、辘轳、飞练，并引茨山之泉、颍川之水，将水凌空溅沫，一如白虹饮川，银河倒地。又造一条木龙在中间，喷波鼓浪，以代神龙行雨。以上准备完毕，便招引龙的到来。孔甲也登上高台观看，一时间国都竟是万人空巷，都争相来一睹盛况。

刘累乘上苍龙车，以身扮龙。左手持云幡摇拽，命令三十人俱遵循法令，张雾行云，鼓雷发电，施烟洒雨。刘累吹响大角，声音响响作响，就像龙吟一样，以此来迎二龙。雌雄二龙正盘困在野外，忽然看到烟雨喷薄，雷电搏击，以为天帝的风云下来迎接自己。二龙仰首而响响长鸣，奋鬣而起，乘上"白虹"，却不知道这是辘轳；跋乎"天河"，却不知道这是水槽；向"神龙"献媚，却不知道这是木龙。于是二龙便飞至养龙池。刘累便下令收云雾，息风雷，撤烟雨，用鱼虾来喂养龙。二龙随后也得知这并非天帝之令，但既然已来到养龙池，便聊以自息。刘累当日便请求孔甲，令人在四方捕捉异鸟、嘉鱼、嘉谷、奇蕨来喂养二龙，而二龙也欣然接受了这片池水，俨然已经忘记了自己是来自天上。刘累又请示于孔甲说："二龙最终还会不愉悦，恐怕它们会飞走，需要将养龙池围起来，并建造楼台、宫殿和阁楼。池下做水门、水宫、石洞、深潭，潭中放置宝珠、奇璧，以此来讨好二龙。池上的宫室则作为龙王水府，以及雷公、电母、天妃、江娥、火帝、云师、河伯、水母等各个神仙的住所，各炳烛竖幡，做云霞日星之状。并敲鼓作乐，这样二龙就不会归去天上了。君王便可得到长久的快乐。"

孔甲非常高兴，一一按照刘累所说来执行，赐封刘累为御龙氏。此后，御龙氏便成了刘氏的代称。

后来那条雌龙贪食，生的也吃，死的也吃，谷食也吃，血食也吃。不久便患了病，慢慢地便死掉了。刘累将死去的雌龙做成美食献给孔甲吃，孔甲吃后，又派人向刘累要龙。刘累害怕，不得不迁往别处。

关于刘累豢龙之地，据嘉庆《范县志》和《山东通志》记载："（范县）龙主庄，在县南三十里，世传为刘累豢龙处。一雌死，孔甲醢而食之。龙去，徙其居稍东三里，已而复来。因名其地曰回龙庙。"以此可见，今范县龙王庄镇曾经是传说中的刘累豢龙地。

2. 士芳

士芳，杜隰叔之子，杜伯之孙。杜伯是周宣王时期的大夫，名恒，因封在杜国，因此叫作杜伯。杜伯年轻俊美，才貌双全，一时间被周宣王的宠妃女鸠所倾慕。女鸠想引诱杜伯行苟且之事，却被杜伯严厉拒绝，并明正劝诫。女鸠因此对杜伯怀恨在心，并在周宣王面前构陷杜伯，使得无辜的杜伯被杀。其子隰叔逃亡至晋国，并在晋国安顿生息。后来隰叔在晋国做到士师之位，子孙便以官职为姓，即士氏。士师在《周礼》中被列为秋官司寇之属，掌禁令、狱讼、刑罚之事。《周礼·秋官司寇》对于士师是这样阐述的：

士师之职，掌国之五禁之法，以左右刑罚，一曰宫禁，二曰官禁，三曰国禁，四曰野禁，五曰军禁，皆以木铎徇之于朝，书而县于门闾。以五戒先后刑罚，毋使罪丽于民：一曰誓，用之于军旅；二曰诰，用之于会同；三曰禁，用诸田役；四曰纠，用诸国中；五曰宪，用诸都鄙。掌乡合州党族间比之联，与其民人之什伍，使之相安相受，以比追胥之事，以施刑罚庆赏。掌官中之政令，察狱讼之辞，以诏司寇断狱弊讼，致邦令。掌士之八成：一曰邦汋，二曰邦贼，三曰邦谍，四曰犯邦令，五曰挢邦令，六曰为邦盗，七曰为邦朋，八曰为邦诬。若邦凶荒，则以荒辩之法治之，令移民通财，纠守缓刑。凡以财狱讼者，正之以傅别约剂。若祭胜国之社稷，则为之尸。王燕出入，则前驱而辟。祀五帝，则沃尸及五盥，泪镬水。凡刉珥，则奉犬牲。诸侯为宾，则帅其属

6

而眡于王官。大丧，亦如之。大师帅其属而禁逆军旅者，
与犯师禁者而戮之。岁终，则令正要会。正岁，帅其属
而宪禁令于国及郊野。

士师的职责，掌管有关五禁之法，以辅助刑罚，禁止民
众为非作歹：一是有关王宫的禁令，二是有关官府的禁令，
三是有关都城的禁令，四是有关都城外田野的禁令，五是有
关军中的禁令。都摇响木铎宣示于外朝，并书写出来悬挂在
各处的闾巷门前。用五戒辅助刑罚而预先告诫民众，不要使
民众因不知而犯罪：一是用誓的形式来告诫，用于军旅；二
是用诰的形式来告诫，用于会同；三是用禁令的形式来告诫，
用于田役；四是用纠的形式来告诫，用于都城中；五是用宪
的形式来告诫，用于采邑。掌管六乡的州、党、族、闾、比
的联合，以及民众从军组成什伍的联合，使他们相互亲和、
相互托付，以相互配合进行追击外寇和抓捕盗贼的事，以共
受刑罚、共享庆赏。掌管大司寇官府中的政令，研究疑难案
件的讼辞，以向司寇提供断案的参考意见，并提供所依据的
王国的有关法令。掌管司法官断案的八个方面的成例：一是
有关盗取国家机密案件的成例，二是有关叛国作乱案件的成
例，三是有关为外国做间谍案件的成例，四是有关违犯王的
教令案件的成例，五是有关诈称王命案件的成例，六是有关

盗取国家宝藏案件的成例，七是有关结党营私案件的成例，八是有关诬蔑国君或大臣案件的成例。如果国家发生大灾荒，就用荒年减损之法来处理有关事宜：命令灾区移民，运输财物救灾，加强纠察守备以防盗贼，减缓刑罚。凡因财物诉讼的，依据契约、合同来裁决。如果祭祀亡国的社稷，就充当尸以代神受祭。王闲暇时出入宫门或国都，就为王做前导并清除行人。祭五帝时，就浇水供尸和王盥手，并负责给镬添水。凡举行衅礼，就奉进犬牲以便取其血。诸侯作为王的宾客而接受王的款待时，就率领下属在王宫中禁止闲人通行。有大丧时也这样做。有大规模军事行动时，率领下属严禁违反军令者，以及干扰行伍军阵者，对其加以诛杀。年终，就命令下属统计整理所审理案件的簿书以备考核。年初，率领下属在国都及郊野悬挂禁令。

隰叔生䓘，即士䓘。士䓘子承父业，仍然掌管士师之职，士䓘制定的法律被称作士䓘之法，直接影响了晋国后世的刑法。

公元前 671 年，晋国桓叔、庄伯的家族势力日渐强盛，晋献公担心这些宗族会威胁到自己的统治，便找来士䓘商讨。士䓘说："可以先打压一下有钱的人，然后再谋划那些宗族的公子们。"晋献公说："好，你试着办一下这件事。"

于是士䓘制造宗族的公子们与有钱人的嫌隙，让公子们来打压并除掉有钱人，从而巩固君主的统治。第二年，公子们杀了游氏的两个儿子。于是士蒍告诉晋献公说："可以了。君王的忧虑会在两年之内解除。"

公元前 669 年，士蒍让公子们灭了游氏家族之后，便把公子们聚集在城内一处。冬季，晋献公包围了那些公子，并把他们全部杀光。

公元前 668 年春季，士蒍因功升为大司空。同年夏季，士蒍奉命建扩并加固国都的建筑，将国都改名叫绛。

公元前 667 年，晋献公准备进攻虢国。士蒍说："不可。虢公现在比较傲慢，如果想要取得快速的胜利，先要让他丢弃他们的百姓。没有了百姓的支持，然后我们再去讨伐他，还有谁会抵御我们呢？凡战争，必须施以礼、乐、慈、爱，百姓必须具备谦让、和谐、爱护亲人、悲悯逝者，这才可以使用。现在虢国不具备这些，多次对外作战，百姓会气馁的。"

公元前 666 年，晋献公宠爱的妃子骊姬为他生下一个儿子，叫作奚齐。出于对骊姬的宠爱，献公对这个儿子也非常喜欢，慢慢地便开始疏远原来的几个年长的儿子，包括太子申生、公子重耳和公子夷吾。

公元前 661 年，晋献公建立上军和下军，自己亲率上军，太子申生统领下军。赵夙为晋献公驾驭战车，毕万作为车右。

出兵并灭掉耿国、霍国、魏国。凯旋后，晋献公为太子在曲沃建造城池，把耿地赐给赵夙，把魏地赐给毕万，任命他们做大夫。

士艻得知后，不禁摇头说："看来太子是不能做继承者了，如果晋国的天下未来属于申生，何必还给他位极人臣的地位呢？先让他达到顶点，不过是为他犯错误提供机会罢了。与其这样，还不如逃走吧，这样或许还能避免一些罪名。效仿吴太伯那样主动避让，不也是可以的吗？这样还可以保有好名声。而且俗话说：'心里如果没有见不得人的东西，又何必担心没有施展抱负的地方？'"

公元前 657 年，骊姬为了让自己的儿子奚齐坐上太子之位，便开始制造事端。她假装对太子说自己梦见他的母亲齐姜，让太子去曲沃祭祀母亲，回来后把胙肉献给君王。于是太子赶到曲沃去祭祀母亲，回晋都后，把胙肉奉送给献公。而骊姬派人在胙肉上放了毒药，以此来陷害太子。太子因此而愤懑自杀。

当初，晋献公派士艻为夷吾和重耳两位公子分别在蒲地和屈地筑城，不小心，城墙里放进了木柴。夷吾告诉晋献公。晋献公派人来追究士艻的责任。士艻叩头回答说："微臣听说，没有丧事而悲伤，忧虑就会成为仇敌；没有戎狄（外敌）侵犯而筑城，内部的仇敌就将据城自保。如果是仇敌占领城池，哪里还用得着把城筑得那么坚固呢？担任官职而不接受命令，这是不敬；巩固仇敌用来自保的城池，这是不忠。没有忠和敬，怎么能侍奉国君呢？《诗经》说：'怀德惟宁，宗子惟城。'君王只要修养德行而巩固宗室子弟，哪个城池能比得上呢？我看现在这种做法，三年以后就要用兵攻城，哪里还用得着慎重筑城呢？"

士蒍退而赋诗曰：

> 狐裘尨茸。
>
> 一国三公。
>
> 吾谁适从。

等到发生祸难，晋献公派遣寺人披攻打蒲城。重耳说："国君和父亲的命令不能违抗。"并通告说："抵抗的就是我的敌人。"重耳越墙逃走，寺人披砍掉了他的袖口，最后他逃亡到翟国。

从以上关于士蒍的记载，我们可以看出士蒍的政治智慧，以及他对国君的忠诚。

3. 士缺

士蒍生有二子，长子成伯缺（士缺）和次子士縠。

历史上关于成伯缺的事迹，几乎看不到任何记载，其人极其低调。士苪死后，晋国司空之位由士縠继承。后来晋襄公去世，士縠因为自己对于地位的提升的要求没有被满足，便发起了"五将乱晋"。《左传》记载："夷之蒐，晋侯将登箕郑父、先都，而使士縠、梁益耳将中军。先克曰：'狐、赵之勋，不可废也。'从之。先克夺蒯得田于堇阴。故箕郑父、先都、士縠、梁益耳、蒯得作乱。"后来事件被平息，士縠被赵盾所杀。

低调的成伯缺没有被卷入争斗，因此士缺一脉便得以生存下来。士缺虽然在仕途上未有建树，但儿子士会成就斐然。成伯缺一脉，叱咤晋国政坛一百三十余年。

二、范武子

1. 舟之侨先归，士会摄右

城濮之战，晋中军风于泽，亡大旆之左旃。祁瞒奸命，司马杀之，以徇于诸侯，使茅筏代之。师还。壬午，济河。舟之侨先归，士会摄右。秋七月丙申，振旅，恺以入于晋。献俘、授馘，饮至、大赏，征会讨贰。杀舟之侨以徇于国，民于是大服。

——《左传》

关于士会的记载，最早见于《左传》记叙城濮之战处。城濮之战是春秋时期晋楚之间的一场较量，通过此役，晋文公奠定了霸主地位。

公元前 666 年，骊姬为晋献公生下公子奚齐，献公从此便宠爱这个小儿子。原本的太子申生、公子重耳、公子夷吾均是贤能之人，品德高尚，但慢慢地晋献公开始疏远了这几个儿子。后来，又有骊姬进谗言，欲废掉太子，立自己的儿子奚齐，并设计陷害了太子。太子申生自杀身亡，重耳也因此而逃亡到国外。

公子重耳从小就喜好结交士人，十七岁时就有五个品德高尚、才能出众的朋友，他们分别是赵衰、舅父狐偃、贾佗、先轸、魏武子，他们跟着公子重耳一起四处逃亡。

公元前 655 年，重耳逃到狄。狄讨伐咎如，俘获两位美貌的女子，于是把年长的女子嫁给重耳，并生下伯鯈、叔刘；把年少的女子嫁给赵衰，生下了赵盾。公元前 651 年，晋献公逝世。当年十月，大夫里克杀死了奚齐，十一月，里克又杀死献公与骊姬妹妹少姬所生的儿子卓子，并让人迎接重耳，想拥立重耳。重耳害怕被杀，因此坚决辞谢，不敢回晋。后来，迎立了重耳的弟弟夷吾为君，即晋惠公。

后公子重耳又辗转流亡至卫、齐、曹、宋、郑、楚等国。其中齐国、宋国和楚国都给了重耳很高的礼遇，而卫国、曹国和郑国则对重耳很不友好。流亡到齐国时，当时的第一位霸主齐桓公把同家族的少女嫁给重耳，二人感情也非常好。至楚国时，楚成王用对待诸侯的礼节招待他，重耳辞谢不敢接受。赵衰说："你出外逃亡已达十余年之久，小国都轻视你，何况大国呢？今天，楚是大国且坚持厚待你，你不要辞让，这是上天在让你兴起。"重耳于是按诸侯的礼节会见了楚成王。成王说："我对您有这样的礼遇，您将来回国后，用什么来报答我？"重耳说："珍禽异兽、珠玉绸绢，君王都富富有余，不知道用什么礼物报答。"成王说："话虽如此，但您终究还是要来报答我，我想知道您用什么来报答？"重耳说："如此的话，若我能坐上晋国君主之位，倘若万不得已我们两国在平原、湖沼地带兵戎相见，我请为王退避三舍。"

过后，楚国大将子玉生气地说："君王对待晋公子太好了，今天重耳出言不逊，请允许我杀了他。"楚成王说："晋公子品行高尚，虽然在外流亡很久了，但他的随从也都是国家的贤才，这是上天的安置，我怎么可以杀了他呢？"重耳

14

在楚国住了几个月后，晋惠公的儿子太子圉在秦国做人质，却忽然从秦国逃跑，使得秦国怨恨于他。秦国打听到重耳住在楚国，就要把重耳邀请到秦国。楚成王也答应说："楚国的确离晋国太远了，要辗转好几个国家才能到达晋国。而秦、晋交界，秦国国君很贤明，您可以放心到秦国去！"

重耳到了秦国，秦穆公非常高兴。公元前 637 年秋季，晋惠公逝世，太子圉即位，即晋怀公。十二月，晋国大夫栾枝、郤谷等人听说重耳在秦国，都暗中来劝重耳、赵衰等人回晋国。于是秦穆公就派军队护送重耳回晋国，晋怀公听说秦军来袭，便派出军队抵拒。重耳到达晋国曲沃，并在此即位，这便是历史上鼎鼎大名的晋文公。重耳在外逃亡十九年最终返回晋国，做了国君，这时已是六十二岁的老人了。

公元前 632 年，晋楚城濮之战，士会二十八岁。

在此前一年，晋文公作三军、设六卿。三军即中军、上军、下军，每军设将、佐各一名，依次为中军将、中军佐、上军将、上军佐、下军将、下军佐。六位将佐为卿爵，常叫作六卿，其中中军将为正卿，执政晋国，系军事最高指挥官。六卿出将入相，掌管晋国军政大事。晋国六卿采用世袭制，并且按照"长逝次补"的原则，轮流执政。前期六卿主要由狐氏、先氏、郤氏、胥氏、栾氏、范氏、中行氏、智氏、韩氏、赵氏、魏氏等十一个世族所把持，而后期晋国六卿特指范氏、中行氏、智氏、韩氏、赵氏、魏氏六个世族。

城濮之战发生地在今山东鄄城县西南，离此东北方五十公里处，便是日后士会的封地——范邑。据《东周列国志》所述，在战争之前，晋文公犹豫不决，不知道该不该与楚军正面交锋。晚上晋文公做梦，梦到自己早年间在楚国流亡之时，与楚王手搏为戏，但气力不加，仰面倒地。楚王伏在自己身上，啃噬自己的脑浆……忽然惊醒，将梦中之事讲与同宿帐的狐偃，并问狐偃："这种梦是什么征兆？我在梦中斗楚不胜，对方啃噬我的脑浆，恐怕不是吉兆吧？"

但狐偃却称贺说："君上，这是大吉之兆也！您必胜！"

晋文公不解："吉在何处？"

狐偃回答道："您仰面倒地，得天相照；楚王伏在您身上，这是伏地请罪之状。脑浆是柔物，您以脑浆赐予楚王，这是柔服对方而已，怎么会不胜呢？"于是晋文公释然。

公元前 632 年四月初一，天色破晓，楚国使人带来楚国令尹子玉下的战书，晋文公打开并见上面写道："我军将士请与您的将士们一起游戏，君王您可以登上车子观看，臣下也可以观看。"得知战书的内容，狐偃说："战争是危险的事，而楚军却说是游戏，他们对战争这么儿戏，能不败吗？"

晋文公让栾枝写回书："寡人没有忘记当年流亡时楚君的恩惠，所以我敬重楚国，并退避三舍，不敢与大夫对垒。大夫一定要观兵的话，可以约定明日早晨相见。"

楚使者回去后，晋文公命先轸再三检阅兵车，其中共有战车七百乘，精兵五万余人。晋文公登上有莘之墟（春秋时卫国城邑，在今山东省曹县西北），观察三军，见军队少长有序，进退有节。先轸分拨兵将，命狐毛、狐偃带领上军，携秦国副将白乙丙一起，攻打楚军左师，与楚国司马斗宜申交战；命栾枝、胥臣带领下军，携齐国副将崔夭一起，攻打楚军右师，与斗勃交战。军阵上下各自按计行事，先轸与却溱、祁瞒在中军结阵，与楚国主帅子玉相持。并教荀林父、士会，各率五千人为左右翼，准备接应，再教国归父、小子憨，各引本国之兵，抄小道至楚军背后埋伏。晋军在莘北摆开阵势，胥臣让下军分别抵挡陈、蔡军队。子玉指挥着楚国的一百八十乘战车，并率领中军，说："今日一定灭掉晋国。"子西率领左军，子上率领右军。晋国的胥臣把马蒙上老虎皮，先攻陈、蔡两军。陈、蔡两军奔逃，楚军的右翼部队溃散。狐毛派出前军两队击退楚军的溃兵。栾枝让车子拖着木柴假装逃走，楚军追击，原轸、郤溱率领中军的公族拦腰袭击。狐毛、狐偃率领上军夹攻子西，楚国的左翼部队溃散。楚军大败。

晋军休整三天，吃楚军留下的粮食，到初六日起程回国。据《左传》记载，战役中，晋军的中军在沼泽地忽遇大风，并丢掉了前军左边的大旗。祁瞒因而犯了军令，司马把他杀了，并通报诸侯，派茅茷代替他。军队回来，六月十六日，渡过黄河，舟之侨擅自先行回国，士会代理车右。二十七日，到达衡雍，为天子在践土建造了一座王宫。

秋季，七月某一天，胜利归来，高唱凯歌进入晋国，在太庙报告俘获和杀死敌人的数字，饮酒犒赏，召集诸侯会盟和攻打有二心的国家。杀舟之侨并通报全国，百姓因此而大为顺服。君子认为："晋文公能够严明刑罚，杀了颠颉、祁瞒、舟之侨三个罪人而使百姓顺服。《诗》说'施惠于中原国家，安定四方的诸侯'，说的就是没有失去公正的赏赐和刑罚。"

经此一役，楚国北进锋芒受到挫折，被迫退回桐柏山、大别山以南地区，子玉也因而羞愤自杀。从此晋文公成功取代齐桓公，成为春秋第二位霸主。

晋文公的车右士会，也从此登上历史舞台。春秋时期的车战，一车三甲士，御者居中，尊者居左，骖乘居右。但君王或主帅所乘的指挥车上，三人位子略有不同：君王（主帅）居中，负责击鼓鸣金挥旗，指挥军队进退；御者居左，负责驾车；骖乘居右，负责御敌、保卫及力役之事。士会是晋文公的车右，因此可以看出士会必定是孔武有力、身材高大、出类拔萃的一种形象。东汉人崔骃写《车右铭》，文中依稀可见车右的形象：

> 择御卜右，采德用良。询纳耆老，于我是匡。
>
> 惟贤是师，惟道是式。箴阙旅贲，内顾自敕。
>
> 匪皇其度，匪愆其则。越戒敦俭，礼以华国。

2. 士会如秦，迎公子雍

八月乙亥，晋襄公卒。灵公少，晋人以难故，欲立长君。赵孟曰："立公子雍。好善而长，先君爱之，且近于秦。秦，旧好也。置善则固，事长则顺，立爱则孝，结旧则安。为难故，故欲立长君。有此四德者，难必抒矣。"贾季曰："不如立公子乐。辰嬴嬖于二君，立其子，民必安之。"赵孟曰："辰嬴贱，班在九人，其子何震之有？且为二嬖，淫也。为先君子，不能求大，而出在小国，辟也。母淫子辟，无威；陈小而远，无援。将何安焉？杜祁以君故，让偪姞而上之；以狄故，让季隗而己次之，故班在四。先君是以爱其子，而仕诸秦，为亚卿焉。秦大而近，足以为援，母义子爱，足以威民。

立之，不亦可乎？"使先蔑、士会如秦，迎公子雍。

——《左传》

公元前 628 年冬季，晋文公逝世，次年，儿子骧即位，即晋襄公。晋襄公在位七年后，于公元前 621 年八月去世。士会时年三十九岁。

晋襄公去世时，太子夷皋尚且年幼。因晋国历史上曾频繁发生祸患，晋国人为了避免历史重演，预立年长的国君。此时晋国中军将是赵衰的儿子赵盾（赵宣子），他秉持着晋国的国政。赵宣子说："立襄公的弟弟公子雍为君。公子雍年长，而且他乐于行善，温和善良，先君喜欢他，并且长期居住在秦国，与秦国较为亲近。秦国是晋国的友好邻邦，公子雍做君王，对两国关系有利，且立年长的人就会名正言顺，立先君喜欢的公子就合于孝道，立邻国喜欢的人就有利于老朋友团结安定。为了避免晋国再次发生祸难，所以要立年长的公子作为国君。有了这四项德行的人，祸难就必定可以缓和了。"

而大夫贾季持有不同意见，他说："公子雍比不上他的弟弟公子乐，不如立公子乐为君。公子乐的母亲辰嬴受到晋怀公和晋文公两位国君的宠爱，立她的儿子为君，百姓必然拥戴他。"赵宣子说："辰嬴的地位低贱,她排在九个妃妾中最后的位置,她的儿子有什么威严呢?而且为两位国君所宠幸,这是淫荡。公子乐作为先君的儿子,不能求得大国而出居陈国这样的小国,这是孤立鄙陋。母亲淫乱,儿子鄙陋,有何威严可言?陈国小而且距离我晋国较远,若有事则不能救援,怎么能安定国家呢?杜祁(公子雍的母亲)品德高尚,她考虑国君的偏爱,让位给偪姞而使自己在下;由于狄人的缘故,让位给季隗而自己居她之下,所以才位次第四。先君因此也喜欢她的儿子,让他在秦国做官,做到亚卿。秦国大而且近,有事足以救援;母亲具有高尚的品德,儿子又受到先君的喜欢,足以威临百姓。立公子雍,不是最合适的吗?"

于是赵宣子派先蔑、士会到秦国迎接公子雍。但贾季也私下派人到陈国召回公子乐。赵宣子派人在郫地杀了公子乐。因为阳处父曾力荐赵宣子做中军将,而改变了自己的地位,所以贾季怨恨阳处父,又知道他在晋国没有人援助,便于九月派续鞫居杀死阳处父。而赵宣子也因此废掉了贾季。

十月,晋国人埋葬了晋襄公。十一月,贾季逃到了翟。当年,秦穆公也逝世了,儿子秦康公即位。

公元前 620 年四月,秦康公送公子雍回晋国,他说:"晋文公先前自秦回到晋国时,因为没有卫士,所以发生了吕、郤的祸患。"于是，秦国送给公子雍很多步兵卫士，以保障他的安全和权力的交接。

与此同时，在晋国国内，太子夷皋的母亲穆嬴日夜怀抱太子到朝廷号叫哭泣说："先君有什么罪？他的合法继承人有什么罪？你们丢弃先君的嫡子不立，而到外边找君主，打算把太子放在什么位置上？"穆嬴出了朝廷，就抱着太子跑到赵宣子的住所，向赵宣子磕头说："先君把这个孩子嘱托给您，曾说过'这孩子成了材，我就是受了您的赐予，不成材，我就怨恨您'。现在先君去世了，话还响在耳边，您却废掉他，怎么可以？"赵宣子和各位大臣都害怕穆嬴，又怕被逼迫，于是背弃了迎接公子雍，不顾尚未回到国内的先蔑和士会，而立了太子夷皋，即晋灵公。

3. 随会在秦，晋国起六卿之惧

晋人患秦之用士会也，夏，六卿相见于诸浮，赵宣子曰："随会在秦，贾季在狄，难日至矣，若之何？"中行桓子曰："请复贾季，能外事，且由旧勋。"郤成子曰："贾季乱，且罪大，不如随会，能贱而有耻，柔而不犯，其知足使也，且无罪。"

乃使魏寿余伪以魏叛者，以诱士会。执其帑于晋，

使夜逸。请自归于秦，秦伯许之。履士会之足于朝。秦
伯师于河西，魏人在东。寿余曰："请东人之能与夫二
三有司言者，吾与之先。"使士会。士会辞，曰："晋
人，虎狼也。若背其言，臣死，妻子为戮，无益于君，
不可悔也。"秦伯曰："若背其言，所不归尔帑者，有如
河。"乃行。

——《左传》

公元前 620 年，晋国在立了灵公之后，为了巩固灵公的
政权，赵盾发兵抵御护送公子雍的秦国军队。箕郑留守不出。
此时晋国六卿分别为：中军将是赵盾，中军佐是先克；上军
将是箕郑父，上军佐是荀林父；下军将是先蔑，下军佐是先
都。步招为赵盾的御者，戎津为车右。

赵盾发兵到达堇阴，说："我们如果接受秦国送公子雍
回来，他们就是客人；不接受，他们就是敌人。而这种情况
下，显然已经是不接受了，秦晋之间难免一战。凡战争，争
取主动而有夺取敌人的决心，这是作战的好谋略；驱逐敌人
好像追赶逃亡者，这是作战的好战术。"于是就训练士兵，
磨砺武器，人吃马喂，行动隐蔽，白日不行军，只在夜里出
兵。四月初一日，晋军在令狐（今山西省临猗县）打败秦

军，并一直追到刳首。第二日，先蔑和士会一起逃亡到秦国。

而在先蔑出使秦国之前，荀林父曾劝阻他，说："夫人和太子还在，反而到外边去求国君，这一定是行不通的。您以生病为借口不去，行吗？若不这样，祸患将会惹到您身上。派一个代理卿前去就可以了，您为什么一定要亲自去？我们在一起做官就是'寮'（寮，古同僚，官，官职，特指一起做官的人），便是我们同居屋檐之下，请您一定要明白我的心意！"先蔑没有听从。当此春秋之时，士人间流行赋诗以言志。此时荀林父为他赋《板》这首诗，诗曰：

上帝板板，下民卒瘅。出话不然，为犹不远。靡圣管管，不实于亶。犹之未远，是用大谏。

天之方难，无然宪宪。天之方蹶，无然泄泄。辞之辑矣，民之洽矣。辞之怿矣，民之莫矣。

我虽异事，及尔同寮。我即尔谋，听我嚣嚣。我言维服，勿以为笑。先民有言，询于刍荛。

天之方虐，无然谑谑。老夫灌灌，小子蹻蹻。匪我言耄，尔用忧谑。多将熇熇，不可救药。

天之方懠，无为夸毗。威仪卒迷，善人载尸。民之方殿屎，则莫我敢葵？丧乱蔑资，曾莫惠我师？

天之牖民，如埙如篪，如璋如圭，如取如携。携无

24

日益，牖民孔易。民之多辟，无自立辟。

价人维藩，大师维垣，大邦维屏，大宗维翰。怀德维宁，宗子维城。无俾城坏，无独斯畏。

敬天之怒，无敢戏豫。敬天之渝，无敢驰驱。昊天曰明，及尔出王。昊天曰旦，及尔游衍。

荀林父吟罢，先蔑仍旧没有听从。

先蔑逃亡出国，荀林父把先蔑的妻子、儿女和财货全部送到秦国，说："这是为了同僚的缘故。"

秋季，因为晋灵公刚刚即位，齐、宋、卫、郑、曹、许等国的国君便都拜会了赵盾，并在扈结盟。

春秋时期的战争一般都有强烈的复仇味道，你今年打了我，那么我必定选择一个时间进行报复性攻打。公元前619年，秦国攻打晋国，攻占了武城，以雪令狐之耻。公元前617年，晋国再次攻打秦国，攻占了少梁。秦国也夺走了晋国的羁。

公元前615年冬季，秦国回击，攻打晋国，攻占了羁马。晋灵公很生气，便发兵抵御。赵盾率领中军，荀林父作为辅佐。郤缺率领上军，臾骈作为辅佐。栾盾率领下军，胥甲作为辅佐。范无恤为赵盾驾驭战车，在河曲迎战秦军。臾骈说："秦军恐不能持久，请高筑军垒巩固军营等着他们。"

　　此时士会已在秦国任职。秦军准备出战。秦康公对士会说："用什么办法作战？"士会回答说："赵盾新近提拔的部下名叫臾骈，必定是他出的这个主意，打算使我军久驻在外面感到疲乏。赵氏有一个旁支的子弟名叫穿，是晋国国君的女婿，受到宠信且年少，不懂得作战，喜好勇猛而又狂妄，又讨厌臾骈作为上军的辅佐。如果派出一些勇敢而不刚强的人对上军加以袭击，或许还有可能战胜赵穿。"秦康公把玉璧丢在黄河里，向河神祈求战争胜利。

　　十二月初四，秦国袭击晋军的上军，赵穿追赶秦军，未及。回来便发怒说："装着粮食披着甲胄，就是要寻求敌人。敌人来了不去攻击，打算等待什么呢？"军官说："将要有所等待啊。"赵穿说："我不懂得计谋，我打算自己出战。"就带领他的士兵出战。赵盾说："秦军要是俘虏了赵穿，就是俘虏了一位卿。秦国带着胜利回去，我用什么回报晋国的父老？"于是全部出战，双方刚一交战就彼此退兵。秦军的使者夜里告诉晋国军队说："我们两国国君的将士都还没有痛快地打一仗，明天请再相见。"臾骈说："使者眼神不安而声音失常，这是害怕我们，秦军将要逃走了。我军把他们逼到黄河边上，一定可以打败他们。"胥甲、赵穿挡住营门大喊说："死伤的人还没有收集就把他们丢弃，这是不仁慈。不等到约定的日期而把人逼到险地，这是没有勇气。"于是晋军就停止出击。秦军夜里逃走了。后来又入侵晋国，进入瑕地。

公元前 614 年，此时四十六岁的士会已在秦国生活了七年之久。春季，晋灵公派詹嘉住在瑕地，以防守桃林这个险要的地方。

晋国六卿担心秦国任用士会，夏季，六卿在诸浮相见。赵宣子说："士会在秦国，贾季在狄人那里，祸患每天都可能发生，怎么办？"中行桓子说："请让贾季回来，他了解外界的事情，而且因为有过去的功劳。"郤成子说："贾季喜欢作乱，而且罪过大，不如让士会回来。士会能够做到卑贱而知道耻辱，柔弱而不受侵犯，他的智谋足以使用，而且没有罪过。"于是晋国就假装把魏寿余的妻子儿女抓在晋国，让魏寿余假装率领魏地的人叛乱，在夜里逃走以引诱士会。魏寿余请求把魏地归入秦国，秦康公答应了。魏寿余在朝廷上踩了一下士会的脚，示意士会与他一起回晋国。秦康公驻军在河西，魏地人在河东。魏寿余说："请派一位东边人且能够跟魏地几位官员说话的，我跟他一起先去。"

秦康公派遣士会与魏寿余一同前往。士会辞谢说："晋国人，是老虎豺狼。如果违背原来的话不让下臣回来，下臣死，妻子儿女也将被诛戮，这对君王您也没有好处，而且后悔也来不及了。"秦康公说："如果晋国违背原来的话不让你回来，我若不送还你的妻子儿女，有河神做证！"这样士会才敢去。临行时，秦国大夫绕朝把马鞭送给士会，说："您不要以为秦国没有人才，只是我的计谋正好不被采用罢了。"后人便以"绕朝赠策"指代有先见之明的谋划，或指临别朋友之赠。唐代诗人李白作《送羽林陶将军》，诗曰：

> 将军出使拥楼船，江上旌旗拂紫烟。
> 万里横戈探虎穴，三杯拔剑舞龙泉。
> 莫道词人无胆气，临行将赠绕朝鞭。

　　渡过黄河以后，魏地人因得到士会而欢呼，熙熙攘攘地回去了。秦国人送还了士会的妻子儿女。但士会的次子士雁未得一起返晋，而是留在秦国，后来士雁一脉都改姓为刘氏。

　　士会在秦国七年，都没有和先蔑见面。随行的人说："能和别人一起逃亡到这个国家，而不能在这里见面，那有什么用处？"士会说："我和他罪过相同，并不是认为他有道义才跟他来的，见面干什么？"一直到回国，两人都没有见过面。

　　关于士会在秦，南宋时期的契丹人萧鹩巴曾写词说：随会在秦，晋国起六卿之惧；日碑仕汉，秅侯传七叶之芳。

4. 晋灵公不君

晋灵公不君：厚敛以雕墙；从台上弹人，而观其辟丸也；宰夫胹熊蹯不熟，杀之，置诸畚，使妇人载以过朝。赵盾、士季见其手，问其故，而患之。将谏，士季曰："谏而不入，则莫之继也。会请先，不入则子继之。"三进，及溜，而后视之，曰："吾知所过矣，将改之。"稽首而对曰："人谁无过？过而能改，善莫大焉。《诗》曰：'靡不有初，鲜克有终。'夫如是，则能补过者鲜矣。君能有终，则社稷之固也，岂唯群臣赖之。又曰：'衮职有阙，惟仲山甫之。'能补过也。君能补过，衮不废矣。"

——《左传》

公元前 607 年，晋灵公长大成人。此时晋国六卿分别为：中军将赵盾，中军佐荀林父；上军将郤缺，上军佐先縠；下军将士会，下军佐胥克；司马韩厥。此时的范武子正逐步走向晋国的政治中心。

长大后的晋灵公做事不合为君之道，奢侈无道。他搜刮民脂民膏，用来彩画墙壁，并从高台上用弹丸打人而看他们躲避弹丸，从中取乐。有一次，厨子烧煮熊掌不熟，灵公发怒并杀死了他，并碎尸放在畚箕里，让女人用头顶着走过朝庭。赵盾和士会看到死人的手，问起杀人的缘故，他们感到担心，便准备进谏。士会对赵盾说："你劝谏如果听不进去，就没有人继续劝谏了。请让士会先去，不听，你再接着劝谏。"士会向前走了三次，行了三次礼，到达屋檐下，晋灵公才转眼看他，说："我知道错了，打算改正。"士会叩头回答说："一个人谁没有错，有了过错能够改正，就没有比这再好的事情了。《诗》说：'事情不难有个好开始，很少能有个好结果。'如果像这样，能够弥补过错的人就很少了。君王能够有好结果，那就是国家的保障了，岂止是群臣有了依赖。《诗》又说：'周宣王有了过失，只有仲山甫能及时来弥补。'这说的是能够弥补错误。君王能够弥补错误，礼服就不会丢弃了。"

晋灵公尽管口头上说要改错，行动上还是不改正。之后赵盾又屡次进谏，晋灵公很讨厌，派遣钼麂去刺杀他。一天清早，赵盾的卧室门已经打开了，穿得整整齐齐，准备入朝。时间还早，赵盾正坐着打瞌睡。钼麂看见赵盾的住处极其简朴，便退出来，叹气说："不忘记恭敬，真是百姓的主人。刺杀百姓的主人，就是不忠；放弃国君的使命，就是不信。

两件事情有了一件，不如死了好。"于是撞在槐树上死去了。

　　九月，晋灵公请赵盾喝酒，并事先埋伏好兵士，准备杀掉赵盾。赵盾的车右提弥明知道情况后，怕赵盾醉倒，便快步走上殿堂，说："臣下陪君王宴饮，酒过三巡还不告退，就不合于礼仪。"提弥明打算让赵盾赶在伏兵会合前离开，以免遭难。于是扶起赵盾走下殿堂。晋灵公见赵盾已经离开，所埋伏的兵士还没有会合，就先放出一条猛犬来咬赵盾。提弥明徒手上前搏斗，打死猛犬。赵盾说："抛弃贤人，使用恶狗，虽然凶猛，这样的国君有什么用?"他们两人与兵士边打边退，提弥明不幸战死。

　　当初，赵盾经常到首阳山打猎，住在翳桑。有一次，赵盾看见桑树下有位名叫灵辄的人饿倒，便去问他的病情。灵辄说："我已经三天没吃东西了。"赵盾给灵辄食物吃，灵辄吃下一半，留下一半。赵盾问灵辄怎么不吃完，灵辄说："我给别人当奴仆三年，不知道家中母亲是否活着。我离家近，请让我把食物留下给她吃。"赵盾认为灵辄有孝心，于是让灵辄把食物吃完，另外给他准备一些饭和肉。后来灵辄担任晋灵公的武士。此刻赵盾与晋灵公手下士兵交战时，灵辄便在搏杀队伍中。晋灵公指挥埋伏的兵士出来追杀赵盾，灵辄便把武器倒过来抵挡晋灵公手下的伏兵，伏兵不能前进，赵盾最终才得以脱险。

赵盾于是自己逃亡在外。

公元前 607 年九月二十六日，赵盾的兄弟赵穿在桃园突袭杀死晋灵公，并迎回了赵盾。赵盾一向显贵，很得民心，而晋灵公年幼，挥霍无度，百姓们都不亲附他，所以赵穿很轻松地将晋灵公杀死。

关于晋灵公被杀究竟是赵盾主谋，还是赵穿主动行事，唐宋八大家之一的欧阳修在《春秋论》中，提及了关于赵穿、赵盾弑君之事，文中说："其于晋灵公之事，孔子书曰：'赵盾弑其君夷皋。'三子者曰：'非赵盾也，是赵穿也。'学者不从孔子信为赵盾，而从三子信为赵穿。其于许悼公之事，孔子书曰：'许世子止弑其君买。'三子者曰：'非弑之也，买病死而止不尝药耳。'学者不从孔子信为弑君，而从三子信为不尝药。其舍经而从传者何哉？经简而直，传新而奇，简直无悦耳之言，新奇多可喜之论，是以学者乐闻而易惑也。予非敢曰不惑，然信于孔子而笃者也。经之所书，予所信也；经所不言，予不知也。"

司马迁在《史记》中论述此事。晋国的太史董狐记："赵盾杀死了自己的国君。"在朝廷上传给大家看。赵盾说："杀国君的是赵穿，我没罪。"太史说："你是正卿，你逃跑了但没有逃出晋国国境，你回来也没有杀死作乱的人，不是你是谁呢？"后来孔子听到这件事说："董狐是古代优秀的史官，据法直书面毫不隐瞒。宣子是优秀的大夫，为遵守法制甘愿承受坏名声，可惜呀，如果赵盾逃出国境，也就免除罪名了。"

赵盾也得以恢复原来的官位。于是赵盾便派赵穿到成周迎回公子黑臀即位，这便是晋成公。

5. 晋楚邲之战

夏六月，晋师救郑。荀林父将中军，先縠佐之；士会将上军，郤克佐之；赵朔将下军，栾书佐之。赵括、赵婴齐为中军大夫，巩朔、韩穿为上军大夫，荀首、赵同为下军大夫。韩厥为司马。

及河，闻郑既及楚平，桓子欲还，曰："无及于郑而剿民，焉用之？楚归而动，不后。"

—— 《左传》

邲之战是春秋时期一场著名的会战，是晋楚中原争霸的第二次较量。城濮之战后，晋国成为真正意义上的中原霸主，而楚国经过二十多年的休养生息，更兼此时楚国国君是那个不鸣则已一鸣惊人的楚庄王，他对中原霸主之位觊觎良久。

公元前 606 年春季，晋成公发兵攻打郑国，并到达了郔地。郑国和晋国讲和，士会到郑国缔结盟约。

楚庄王发兵攻打陆浑之戎，到达京城雒邑，在周朝的直辖地域陈兵示威。周定王派遣王孙满慰劳楚庄王。楚庄王问起九鼎的大小轻重如何。王孙满回答说："鼎的大小轻重在于德而不在于鼎本身。从前夏朝正是有德的时候，把远方的东西画成图像，让九州岛的长官进贡铜器，铸造九鼎并且把图像铸在鼎上，所有物象都具备在上面了，让百姓知道神物和怪物。所以百姓进入川泽山林，就不会碰上不利于自己的东西。魑魅魍魉这些鬼怪都不会遇上，因而能够使上下和谐，以承受上天的福佑。夏桀昏乱，把鼎迁到了商朝，前后六百年。商纣暴虐，鼎又迁到了周朝，德行如果美善光明，鼎虽然小，也是重的。如果奸邪昏乱，鼎虽然大，也是轻的。上天赐福给明德的人，是有一定期限的。成王把九鼎固定在郏鄏，占卜的结果是传世三十代，享国七百年，这是上天的命令。周朝的德行虽然衰微，天命并没有改变。鼎的轻重，是不能询问的。"野心勃勃的楚庄王，于是留下"问鼎中原"的成语。

公元前 597 年夏季，因为郑国和晋国缔结了盟约，楚国便出兵入侵郑国，郑国向晋国求救。

此时晋国六卿分别为：中军将荀林父，中军佐先縠；上军将士会，上军佐郤克；下军将赵朔，下军佐栾书。

六月，晋国发兵救郑。晋军赶到黄河，却听说楚国已降服郑国，郑伯脱去上衣露出胳膊与楚国结盟，楚军就回去了，荀林父想班师回晋，他说："我们没有赶到郑国，却又劳动百姓，不如不出兵。"

士会说："好。我听说用兵之道，观察敌人的间隙而后行动，德行、刑罚、政令、事务、典则、礼仪合乎常道，就是不可抵挡的，不能进攻这样的国家。楚国的军队讨伐郑国，讨厌郑国有二心，又可怜郑国的卑下，郑国背叛就讨伐它，郑国顺服就赦免它，德行、刑罚都完成了。讨伐背叛，这是刑罚；安抚顺服，这是德行，这二者树立起来了。往年进入陈国，如今进入郑国，百姓并不感到疲劳，国君没有受到怨恨，政令就合于常道了，楚军摆成荆尸之阵（春秋时楚国阵法名）而后发兵，井井有条，商贩、农民、工匠、店主都不废时失业，步兵、车兵关系和睦，事务就互不相犯了。蒍敖做令尹，选择实行楚国好的法典，军队出动，右军跟随主将的车辕，左军打草作为歇息的准备，前军以旌旄开路以防意外，中军斟酌谋划，后军以精兵压阵。各级军官根据象征自己的旌旗的指示而采取行动，军事政务不必等待命令而完备，这就是能够运用典则了。他们国君选拔人才，同姓中选择亲近的支系，异姓中选择世代旧臣，提拔不遗漏有德行的人，赏赐不遗漏有功劳的人。对老人有优待，对旅客有赐予。君子和小人，各有规定的服饰。对尊贵的有一定的礼节示以尊重，对低贱的有一定的等级示以威严。这就是礼节没有不顺的了。德行树立，刑罚施行，政事成就，事务合时，典则执行，礼节顺当，怎么能抵挡楚国？看到可能就前进，遇到困难就后退，这是治军的好办法。兼并衰弱，进攻昏暗，这是用兵的好规则。您姑且整顿军队、筹划武备吧！还有弱小而昏暗的国家，为什么一定要进攻楚军？仲虺说：'占取动乱之国，欺侮可以灭亡之国。'说的就是兼并衰弱。《汋》说：'天子的军队多么神气，率领他们把昏昧的国家占取。'说的就是进攻昏昧。《武》说：'武王的功业无比伟大强盛。'安抚衰弱进攻昏暗，以致力于功业所在，这就可以了。"

然而，先縠说："不行。晋国之所以能称霸诸侯，是由于军队勇敢、臣下得力。现在失去了诸侯，不能说是得力；有了敌人不去追逐，不能说是勇敢。因为我而丢掉霸主的地位，活着还有什么意义，不如死去。而且晋国整顿军队不出动，听到敌人强大就退却，这不是大丈夫。任命为军队的统帅，而做出了不是大丈夫所做的事，这只有你们能办到，我是不会干的。"说完，便独自带领中军副帅的部属渡过了黄河。

荀林父说："先縠的这些军队危险了。《周易》上有这样的卦象，从《师》卦变成《临》卦，爻辞说：'出兵用法令治理，法令不严明，结果必凶。'执行顺当而成功就是'臧'，反其道就是'否'。大众离散是柔弱，流水壅塞就成为沼泽。有法制指挥三军如同指挥自己一样，所以叫作'律'。执行不顺当，法制治理就穷尽而无用。从充满到穷尽，阻塞而且不整齐，就是凶险的征兆了。不能流动叫作'临'，有统帅而不服从，还有比这更严重的'临'吗？说的就是先縠的这种行为了。果真和敌人相遇，一定失败，先縠将会是罪魁祸首，即使免于战死而回国，一定有大的灾祸。"韩厥对荀林父说："先縠率领一部分军队失陷，您的罪过就大了。您作为最高统帅，军队不听命令，这是谁的罪过？失去属国，丢掉军队，构成的罪过已经太重，不如干脆进军。作战如果不能得胜，失败的罪过可以共同分担，与其一个人承担罪责，不如六个人共同承担，这不是更好吗？"于是晋国的军队就渡过了黄河。

楚庄王率军北上，军队驻扎在郔地。沈尹率领中军，子重率领左军，子反率领右军，准备在黄河饮马后便回国。听到晋国军队已经渡过黄河，楚庄王想要回去，宠臣伍参想打仗，令尹孙叔敖不想干，说："往年进入陈国，今年进入郑国，不是没有战争。打起来以后若不能得胜，即便吃了伍参的肉，又能怎样呢？"伍参说："如果作战得胜，孙叔敖就是没有谋略。不能得胜，参的肉将会在晋军那里，哪里还能吃得上呢？"令尹回车向南，倒转旌旗。伍参对楚庄王说："晋国参政的是新人，不能行使命令。他的副手先縠刚愎不仁，不肯听从命令。他们的三个统帅，想要专权行事而不能办到。想要听从命令而没有上级，大军听从谁的命令？这一次，晋军一定失败。而且国君逃避臣下，国君怎能蒙受这耻辱？"楚庄王听了不高兴，告诉令尹把战车改而向北，楚军驻扎在管地等待晋军。

晋国军队驻在敖、鄗两山之间。郑国的皇戌出使晋军，说："郑国跟从楚国，是为了保存国家，对晋国并没有二心。楚军屡次得胜而骄傲，他们在外面已经很久了，又不设防御。您攻击他们，郑国的军队作为后继，楚军一定失败。"先縠说："打败楚军，降服郑国，就在此一举了，一定要答应皇戌的请求。"栾书说："楚国自从战胜庸国以来，楚国的国君没有一天不在治理楚民，并教导他们注意：生计不容易，祸患不知哪天就会到来，戒备警惕不能放松。在军队里，没有一天不用这样的方式管理军队，告诫军官士兵：胜利不能永远保有，纣得到一百次胜利而终究没有好结果。用若敖、蚡冒乘柴车、穿破衣开辟山林的事迹来教训他们，告诫说：'百姓的生计在于勤劳，勤劳就不会匮乏。'这就不能说他们骄傲。先大夫子犯说过：'出兵作战，理直就气壮，理亏就气衰。'我们所做的事情不合于道德，又和楚国结怨，我们理亏，楚国理直，这就不能说他们气衰。他们国君的战车分为左右二广，每广有战车一卒三十辆，每卒又分左右两偏。右广先套车，计算时间等到中午，左广就接替它，一直到晚上。左右近臣按次序值夜，以防备发生意外，这就不能说没有防备。子良，是郑国的杰出人物；师叔，是楚国地位崇高的人物。师叔进入郑国结盟，子良作为人质住在楚国，楚国和郑国是亲近的。他们来劝我们作战，我们战胜就来归服，不胜就去依靠楚国，这是用我们作为占卜！郑国的话不能听从。"赵括、赵同说："领兵而来，就是为了寻找敌人。战胜敌人，得到属国，又等待什么？一定要听从先縠的话。"荀林父说："赵同、赵括的主意，是一条自取祸乱之道。"

楚国的少宰到晋军中去，说："寡君年轻时就遭到忧患，不善于辞令。听到两位先君来往在这条道路上，就是打算教导和安定郑国，岂敢得罪晋国？您几位不要待得太久了！"

士会回答说："以前周平王命令我们的先君晋文侯说：'和郑国共同辅佐周王室，不要废弃天子的命令。'现在郑国不遵循天子的命令，寡君派遣下臣们质问郑国，岂敢劳动楚国官吏来迎送？恭敬地拜谢君王的命令。"先縠认为这是奉承楚国，派遣赵括跟上去更正说："我们的临时代表的说法不恰当。寡君使下臣们把楚国从郑国迁出去，说：'不要躲避敌人！'下臣们没有地方可以逃避命令。"

　　楚庄王又派使者向晋国求和，晋国人答应了，并和平结盟了一段时间。楚国的许伯替乐伯驾驭战车，摄叔作为车右，向晋军单车挑战。许伯说："我听说单车挑战，驾车人可以疾驰而使旌旗斜倒，迫近敌营，然后返回。"乐伯说："我听说单车挑战，车左可以用利箭射敌，代替御者执掌马缰，驾车人下车，整齐马匹，整理好马脖子上的皮带，然后返回。"摄叔说："我听说单车挑战，车右可以进入敌营，杀死敌人割取左耳，抓住俘虏，然后返回。"这三个人都按照自己所听到的方式完成了任务，而后返回楚营。晋国人追赶他们，左右两面夹攻。乐伯左边射马，右边射人，使晋军左右翼不能前进。箭只剩下一支。有麋鹿出现在前面，乐伯射麋鹿正中背部。晋国的鲍癸正在后面，乐伯让摄叔拿着麋鹿献给他，说："由于今年还不到时令，应当奉献的禽兽没有来，谨把它奉献给您的随从作为膳食。"鲍癸阻止部下，不再追赶，说："他们的车左善于射箭，车右善于辞令，都是君子啊。"因此许伯等三人都免于被俘。

　　晋国的魏锜请求做公族大夫，没有达到目的，因而发怒，想要使晋军失败。请求单车挑战，没有得到允许。便请求使楚，于是他进入楚营，请战以后而回国。楚国的潘党追赶他，到达荥泽，魏锜看到六只麋鹿，就射死一只，回车献给潘党，说："您有军事在身，打猎的人恐怕不能供给新鲜的野兽吧？谨以此奉献给您的随从人员。"潘党下令不再追赶魏锜。

赵旃请求做卿没有达到目的，而且对放走楚国单车挑战的人这件事很生气，就请求挑战，没有得到允许。于是请求召请楚国人前来结盟。赵旃和魏锜接受命令一同前去。

郤克说："这两个心怀不满的人去了，若不加防备，必然失败。"先縠说："郑国人劝我们作战，不敢听从；楚国人求和，又不能实行友好。带兵没有固定的策略，多加防备做什么？"士会说："防备他们为好。如果这两位激怒了楚国，楚国人乘机掩袭，我们马上就会丧失军队。不如防备他们，楚国人没有恶意，撤除戒备而结盟，哪里会损害友好？如果带着恶意而来，有了防备，不会失败。而且即使是诸侯相见，军队的守备也不加撤除，这就是警惕。"先縠不同意。

士会派遣巩朔、韩穿率领七队伏兵埋伏在敖山之前，所以上军不败。赵婴齐派遣他的部下先在黄河准备了船只，所以战败以后就渡过黄河去了。

潘党已经赶走了魏锜，赵旃在夜里达到楚军驻地，铺开席子坐在军门的外面，派遣他的部下先进攻军门。楚庄王的战车一广三十辆，共分为左右两广。右广在早晨鸡叫的时候套车，太阳到了中天才卸车；左广就接替右广，太阳落山才卸车。许偃驾驭右广的指挥车，养由基作为车右；

彭名驾驭左广的指挥车，屈荡作为车右。六月十四日，楚庄王乘坐左广的指挥车，以追赶赵旃。赵旃丢掉车子跑进树林里，屈荡和他搏斗，获得了他的铠甲和下衣。晋国人害怕这两个人激怒楚军，让驻守的兵车前来接他们。潘党远望飞起来的尘土，派战车奔驰报告说："晋国的军队来了。"楚国人也害怕楚庄王陷入晋军中，就出兵迎战。孙叔敖说："前进！宁可我们迫近敌人，不要让敌人迫近我们。《诗》说：'大兵车十辆，冲在前面开道。'这是要抢在敌人的前面。《军志》说：'抢在敌人前面，可以夺去敌人的斗志。'这是要主动迫近敌人。"于是就很快地进军，战车奔驰、士卒奔跑，围攻晋军。荀林父不知所措，在军中击鼓宣布说："先过河的有赏。"中军、下军互相争夺船只，争先恐后，先上船的人用刀砍断后来者攀着船舷的手指，船中砍断的指头多得可以用手捧起来。

晋军向右转移，上军没有动。工尹齐率领右方阵的士兵，以追逐晋国的下军。楚庄王派唐狡和蔡鸠居报告唐惠侯说："我无德而贪功，又遭遇强大的敌人，这是我的罪过。楚国如果不能得胜，这也是君王的羞耻。谨借重君王的福佑，以帮助楚军成功。"楚庄王派遣潘党率领后备的战车四十辆，跟随唐侯作为左方阵，以迎战晋国的上军。驹伯说："抵御他们吗？"士会说："楚军的士气正旺盛，如果楚军集中兵力对付我们的上军，我们的军队必然被消灭，不如收兵离开。分担战败的指责，保全士兵的生命，不也是可以的吗？"士会亲自为其士兵殿后以撤退，因此没有被打败。

晋军返回晋国后，荀林父说："我是大将，晋军的失败，我应该被杀，请求死罪。"晋景公应允。

士会劝阻说："先前文公与楚国在城濮作战，楚成王回到楚国后杀死了大将子玉，试想当时文公是很高兴的。而今天，楚国已经打败了我军，我们又杀死自己的将军，这是在帮助楚国杀死楚国的仇人呀！"晋景公听了这番话方才罢手。

汉代思想家、哲学家董仲舒在其著作《春秋繁露》中，评论邲之战，讲道："《春秋》之常辞也，不予夷狄而予中国为礼。至邲之战，偏然反之，何也？曰：《春秋》无通辞，从变而移。今晋变而为夷狄，楚变而为君子，故移其辞以从其事。夫庄王之舍郑，有可贵之美，晋人不知其善而欲击之，所救已解如挑与之战，此无善善之心，而轻救民之意也。是以贱之，而不使得与贤者为礼。"

董仲舒认为，晋国是华夏之邦，中原文明，而楚国是夷狄之域。《春秋》的写作中，通常将溢美之词给中原诸国，而不会给夷狄，但邲之战却恰恰相反，此战中楚国表现得楚楚君子，而晋国倒像是蛮夷之邦。可见，此战晋国之所以败北，主要是正义不在晋国这方。

6. 士会为政群盗奔

十六年春，晋士会帅师灭赤狄甲氏及留吁、铎辰。三月，献狄俘。晋侯请于王。戊申，以黻冕命士会将中军，且为大傅。于是晋国之盗逃奔于秦。

——《左传》

公元前 596 年，因为在晋楚邲之战中失利，先縠害怕被杀，于是便逃亡到翟国。他到翟国后与国君商量讨伐晋国，而被晋国发觉，晋便杀死了先縠整个家族。先縠是先轸的儿子，先轸是陪伴晋文公流亡的五贤之一，可惜他的儿子却以这样的方式辱没了他的英明。

公元前 595 年，因为郑国援助楚国，晋国讨伐郑国。当时楚庄王实力强大，结果在黄河边挫败了晋军。

公元前 594 年，楚国讨伐宋国，宋国便向晋国求援，晋国想去援救。伯宗献计说："楚国，上天正在让它兴盛，不能阻挡。"于是晋国派解扬谎称救援宋国。郑国人抓住解扬把他交给了楚国，楚国赏赐了他很多财物，让他说反话，以使宋国赶快败下阵来。解扬假装许诺，终于将晋君的话告诉

44

了宋国。

公元前 593 年春季，士会率领军队灭了赤狄的甲氏和留吁、铎辰。三月，晋国向周定王进献俘虏的狄人。晋景公向周定王请求，把礼服赐给士会，并命士会接替荀林父担任了中军元帅，加太傅之号，改封于范，时年六十七岁。士会也是六卿中唯一一个由周天子赐封的晋国正卿。

士会为政，将缉盗科条尽行除削，专以教化劝民为善，在这种情况下，晋国的盗贼逃奔到秦国，晋国大治。羊舌职说："我听说，'禹提拔善良的人，不善良的人便会因此远离'，说的就是这样的事情吧！《诗》说：'战战兢兢，如同面临深渊，如同踩着薄冰。'这是因为有好人在上面执政。有好人在上面，国家中就没有心存侥幸的百姓。俗话说：'百姓多存侥幸，就是国家不幸。'这就是没有好人在位的说法。"

后世南朝的《乐府诗集》收录有庾信的一篇诗歌，专门写到此事：

> 正阳和气万类繁，君王道合天地尊。
>
> 黎人耕植于义圃，君子翱翔于礼园。
>
> 落其实者思其树，饮其流者怀其源。
>
> 咎繇为谋不仁远，士会为政群盗奔。

克宽则昆虫内向，彰信则殊俗宅心。

浮桥有月支抱马，上苑有乌孙学琴。

赤玉则南海输照，白环则西山献琛。

无劳凿空于大夏，不待蹶角于蹄林。

冬季，晋景公派遣士会调解王室的纠纷，周定王设享礼招待他。周大夫原襄公主持典礼，把切开的带骨的肉放在盛肉的器具里。士会暗中问这是什么缘故。周定王听到后，召见士会说："你没有听说过吗？天子设享礼有体荐，设宴礼有折俎。天子对诸侯用享礼，诸侯对卿用宴礼。这是王室的礼仪啊！"

《周礼》曰：

膳夫掌王之食饮膳羞，以养王及后、世子。凡王之馈，食用六谷，膳用六牲，饮用六清，羞用百有二十品，珍用八物，酱用百有二十瓮。王日一举，鼎十有二，物皆有俎。以乐侑食，膳夫授祭，品尝食，王乃食。卒食，以乐彻于造。王齐，日三举。大丧则不举，大荒则不举，大札则不举，天地有灾则不举，邦有大故则不举，王燕食，则奉膳赞祭。凡王祭祀，宾客飨食，则彻王之胙俎。凡王之稍事，设荐脯醢。王燕饮酒，则为献主。掌后及世之膳羞，凡肉脩之颁赐皆掌之。凡祭祀之致福者，受而膳之，以挚见者亦如之。岁终则会，唯王及后、世子之膳不会。

庖人掌共六畜、六兽、六禽，辨其名物。凡其死生鲜薧之物，以共王之膳与其荐羞之物及后、世子之膳羞。共祭祀之好羞，共丧纪之庶羞，宾客之禽献。凡令禽献，以法授之，其出入亦如之。凡用禽献，春行羔豚，膳膏香；夏行腒鱐，膳膏臊；秋行犊麛，膳膏腥；冬行鲜羽，膳膏膻。岁终则会，唯王及后之膳禽不会。

内饔掌王及后、世子膳羞之割烹煎和之事，辨体名肉物，辨百品味之物。王举，则陈其鼎俎，以牲体实之。选百羞、酱物、珍物以俟馈。共后及世子之膳羞。辨腥臊膻香之不可食者。牛夜鸣则庮，羊泠毛而毳，膻；犬赤股而躁，臊；鸟皫色而沙鸣，狸；豕盲视而交睫，腥；马黑脊而般臂，蝼。凡宗庙之祭祀，掌割亨之事。凡燕饮食亦如之。凡掌共羞、脩、刑、膴、胖、骨、鱐，以待共膳。凡王之好赐肉脩，则饔人共之。

外饔掌外祭祀之割亨，共其脯、脩、刑、膴，陈其鼎俎，实之牲体、鱼、腊。凡宾客之飧饔、飨食之事亦如之。邦飨耆老、孤子，则掌其割亨之事。飨士庶子亦如之。师役，则掌共其献、赐脯肉之事。凡小丧纪，陈其鼎俎而实之。

从《周礼》可以看出，王室有严格的礼仪制度。周定王不设全烝、房烝，它们虽然丰厚却不是享礼，而且还违背了成例，损害了过去的友好关系。王室只有招待戎狄之人时才用全牲。戎狄之人轻率而不修边幅，贪心而不知礼让。这种人的素质若不加调教，就像禽兽一样。他们来献纳贡赋时，不必用精致的酒食，所以让他们坐在门外而由舌人把全牲给他们食用。如今晋国是王室的兄弟，按规定来朝见天子，所以要用适宜的典礼来招待，以此为人们做个好榜样，因而择取了鲜美的牲肉，选用了芳香的配料，精制了甜醇的酒醴，配备了佐餐的果品，备下了簠簋，捧来了牺象，抬出了樽彝，安放了鼎俎，洗净了巾幂，恭敬地清扫了殿堂，切好了牲肉而一起来宴饮享用。

士会于是不敢对答而告退。回国后讲习汇编夏、商、周三代的典礼，恢复了晋文公所制定的执秩之法，作为晋国的法度。

因此《宋书》歌颂范武子说：鲁秉周礼，齐不敢侮；范会崇典，晋国以治！

7. 范武子将老

范武子将老，召文子曰："燮乎！吾闻之，喜怒以类者鲜，易者实多。《诗》曰：'君子如怒，乱庶遄沮。君子如祉，乱庶遄已。'君子之喜怒，以已乱也。弗已者，必益之。郤子其或者欲已乱于齐乎？不然，余惧其益之也。余将老，使郤子逞其志，庶有豸乎。尔从二三子唯敬。"乃请老，郤献子为政。

——《左传》

公元前 592 年，士会六十八岁。时年士会担任中军将，郤克辅佐，任中军佐。

应齐顷公征召，晋景公派遣郤克到齐国参加会盟。前来参加会盟的使臣，均有不同的生理缺陷，《史记·晋世家》记载："齐顷公母从楼上观而笑之。所以然者，郤克偻，而鲁使蹇，卫使眇，故齐亦令人如之以导客。"来参加会盟的几个使者，郤克驼背，鲁国使者跛足，卫国使者瞎一只眼，齐顷公也是为了博母亲萧桐叔子一笑，便用帷幕遮住母亲，让她观看。郤克登上台阶时，萧桐叔子便在房里大笑起来。为此郤克非常生气，回到黄河畔发誓说："若不报复齐国，河伯来见证！"郤克先回到晋国，让栾京庐在齐国等候命令，对他说："不能完成在齐国的使命，就不要回国复命。"郤克到达晋国，向晋景公请求进攻齐国，晋景公得知原因后说："你不能以国家的意志来满足你的私怨。"他又请求带领家族去进攻齐国，晋景公仍然不答应。于是郤克心存不满。

士会得知了此事，深知晋国长久以来的卿族间的争斗，前面更有狐氏、胥氏、先氏被排挤的案例，便把儿子范文子喊过来，说："燮儿啊！我听说，喜怒无常而合于礼法的是很少的，和它相反的倒是很多。《诗》说：'君子如果发怒，祸乱或许可以很快阻住。君子如果喜悦，祸乱或许可以很快停歇。'君子的喜怒，应是用来阻止祸乱的。如果不是阻止，那就一定会增加祸乱。如今郤子或者是想要在齐国阻止祸乱吧。如果不是这样，我怕他会增加国内的祸乱！所以我打算告老还乡了，让郤子能够心满意足，祸乱或许可以解除。你跟随几位大夫，唯有恭敬从事。"

于是士会就请求告老。郤克执掌中军将。从进入六卿行列，到主动请辞，士会在晋国政坛叱咤风云十六载，从下军将到上军佐，从上军将到中军将，凭借着自己的执政能力和孔武有力的形象，先后辅佐晋文公、晋襄公、晋灵公、晋成公和晋景公五位君主，为晋国的发展做出了卓越的贡献。

8. 范武子教文子

> 范文子暮退于朝。武子曰："何暮也?"对曰："有秦客廋辞于朝，大夫莫之能对也，吾知三焉。"武子怒曰："大夫非不能也，让父兄也。尔童子，而三掩人于朝。吾不在晋国，亡无日矣。"击之以杖，折委笄。

——《国语》

公元前 591 年，晋国六卿分别为：中军将郤克，中军佐荀首；上军将荀庚，上军佐士燮；下军将栾书，下军佐赵同。

士会告老后，虽然自己没有再担任要职，但他一直培养儿子范文子。《国语·晋语》中记载了两则关于士会教导儿子的故事。

有一次范文子很晚才退朝回来，士会问道："为什么回来这么晚啊?"范文子回答说："有位秦国来的客人在朝中讲隐语，大夫中没有一个能够回答出来，唯独我晓得并答出了其中的三条。"士会顿时发怒说："大夫们不是不能回答，而是出于对长辈父兄的谦让。你是个年轻的孩子，却在朝中三次抢先，掩盖他人。如果不是我还在，你早就遭殃了！"说着便用手杖责打儿子，把范文子玄冠上的簪子都给打断了。

另一则故事是在晋齐靡笄之役之后。据《国语·晋语·师胜而范文子后入》记载说：

> 靡笄之役，郤献子师胜而返，范文子后入。武子曰："燮乎，女亦知吾望尔也乎？"对曰："夫师，郤子之师也，其事臧。若先，则恐国人之属耳目于我也，故不敢。"武子曰："吾知免矣。"

公元前589年，晋齐靡笄之役，齐国败退。郤献子打了胜仗班师回国，范文子最后入城。士会说："燮儿呀，你知道我天天在盼望你早点回来吗？为什么你却最晚归来？"范文子回答说："目前郤献子是主帅，军队由郤献子统领，才得以打了胜仗。假如我率先凯旋，那恐怕国内的人们将会把注意力集中到我身上，这样，我就会抢了主帅的风头，那么主帅就会记恨于我，所以我不敢这样做。"士会欣慰地点头说："我知道你是可以避免这样的灾祸了。"

从《国语》中的这两则故事可以看出，士会一直在教导儿子要养成谦虚谨慎的美德，从而更好地实现自己的价值，为国家服务。

公元前 583 年，这位春秋时期近乎完美的政治家士会逝世。士会谥"武"，所以史称范武子。

范武子死后葬于自己的封地——范邑，陵墓于 2006 年被发现，坐落于今范县高码头镇老范庄。

范武子一生，以身作则，用自己高尚的品德来践行一个大夫的职责。他为国而无私、为家而无我，以自己绝高的智慧，影响着自己的后人。后人范仲淹在《岳阳楼记》中的那句"微斯人，吾谁与归"佳句的灵感，正是源自《国语》中对于范武子的描写。《国语·晋语》中讲："赵文子与叔向游于九原，曰：'死者若可作也，吾谁与归？'叔向曰：'其阳子乎！'文子曰：'夫阳子行廉直于晋国，不免其身，其知不足称也。'叔向曰：'其舅犯乎！'文子曰：'夫舅犯见利而不顾其君，其仁不足称也。其随武子乎！纳谏不忘其师，言身不失其友，事君不援而进，不阿而退。'"可见范武子的一生，在他生活的那个春秋时代，可以用"完美"二字来概括了！

第二章　美德

范武子一生，言依于信，行依于义。和而不谄，廉而不矫。直而不亢，威而不猛。纳谏不忘其师，言身不失其友，事君不援而进，不阿而退。关于范武子的美德，《左传》《孔子家语》《国语》等诸多典籍均有记载。

一、夫人之家事治，言于晋国无隐情

子木问于赵孟曰："范武子之德何如？"对曰："夫人之家事治，言于晋国无隐情。其祝史陈信于鬼神无愧辞。"

——《左传》

在范武子去世三十多年后，公元前 546 年，晋国和楚国争执歃血盟誓的先后。晋国人说："晋国本来是诸侯的盟主，从来没有在晋国之前歃血的。"楚国人说："晋国和楚国的地位相等，如果晋国总是在前面，这就是楚国比晋国弱。而且晋国和楚国交换着主持诸侯的结盟已经很久了。难道专门由晋国主持吗？"大夫叔向对赵文子说："诸侯归服于晋国的德行，不是归服于它主持结盟。您致力于德行，不要去争执先后。而且诸侯结盟，小国本来就要为主盟做具体事务，让楚国为晋国做具体琐细的事务，不也是可以的吗？"于是就让楚国先歃血。

初六日，宋平公同时招待晋国和楚国的大夫，赵文子作为主宾坐首席，楚国令尹子木跟他说话，赵文子回答略显难色，便让叔向在旁边帮着对答，子木便也不能对答如流。

初九日，宋平公和诸侯的大夫在蒙门外结盟。子木向赵文子询问说："范武子的德行怎么样？"赵文子回答说："他的家事治理得井井有条，对晋国人来说没有可以隐瞒的情况，他的祝、史祭祀时对鬼神很真诚，没有言不由衷的话。"子木回去把话报告给楚康王。楚康王说："高尚啊！能够让神和人高兴，无怪乎他能辅佐五世国君成为盟主。"子木又对楚康王说："晋国称霸诸侯是合适的，有叔向辅佐正卿，楚国没有和他相提并论的人，不能和他相争。"于是晋国的荀盈就去楚国参加结盟。

二、君陈则进而用之，不陈则行而退

其事君也，不敢爱其死，然亦不敢忘其身，谋其身不遗其友，君陈则进而用之，不陈则行而退，盖随武子之行也。

——《孔子家语》

卫国的将军文子问子贡说："我听说孔子教育弟子，先教他们读《诗》和《书》，然后教他们孝顺父母、尊敬兄长的道理。讲的是仁义，观看的是礼乐，然后用文才和德行来成就他们。学有所成的有七十多人，他们之中谁更贤明呢？"子贡回答说不知道。

文子说："因为您常和他们一起学，也是贤者，为何说不知道呢？"

子贡回答说："贤能的人没有妄行，了解贤人就很困难。所以君子说：'没有比了解人更困难的了。'因此难以回答。"

文子说："对于了解贤人，没有不困难的。现在您本人亲身在孔子门下求学，所以敢冒昧问您。"

子贡说："先生的门人，大概有三千人。有些是与我接触过的，有些没有接触，所以不能普遍地了解来告诉你。"

文子说："请就您所接触到的谈谈，我想问问他们的品行。"

子贡回答说："能够起早贪黑，背诵经书，崇尚礼义，行动不犯第二次过错，引经据典很认真的，是颜渊的品行。孔子用《诗经》的话来形容颜渊说：'如果遇到国君宠爱，就能成就他的德业。''永远恭敬尽孝道，孝道足以为法则。'如果颜渊遇到有德的君王，就会世代享受帝王给予的美誉，不会失去他的美名。被君王任用，就会成为君王的辅佐。

"身处贫困能矜持庄重，使用仆人如同借用般客气，不把怒气转移到别人身上，不总是怨恨别人，不总是记着别人过去的罪过，这是冉雍的品行。孔子评论他的才能说：'拥有土地的君子，有民众可以役使，有刑罚可以施用，而后可以迁怒。普通人发怒，只会伤害自己的身体。'孔子用《诗经》的话告诉他说：'万事都有开端，但很少有善始善终的。'

"不害怕强暴，不欺辱鳏寡，说话遵循本性，相貌堂堂端正，才足以打仗带兵，这是子路的品行。孔子用《诗经》

中的话来称赞他：'接受上天大法和小法，庇护下面诸侯国，接受天子授予的荣宠。不胆怯不惶恐，施神威奏战功。'强力又勇敢啊！文采胜不过他的质朴。

"尊敬长辈，同情幼小，不忘在外的旅人，喜好学习，博综群艺，体察万物且勤劳，这是冉求的品行。孔子因此对他说：'好学就有智慧，同情孤寡就是仁爱，恭敬就接近礼义，勤劳就有收获。尧舜忠诚谦恭，所以能称王天下。'孔子很称赞他，说：'你应当成为国家的卿大夫。'

"整齐庄重而又严肃，志向通达而又喜好礼仪，作为两国之间的傧相，忠诚雅正而有节制，这是公西赤的品行。孔子说：'《诗》三百篇，可以通过努力学习来了解；三千项威严的礼仪细节，则难以掌握。'公西赤说：'为什么这样说呢？'孔子说：'作傧相接待宾客要有庄重的容貌，要根据不同的礼节来致辞，所以说很难。众人听到傧相的致辞，认为仪式就完成了。'孔子对大家说：'接待宾客这件事，他已经做到了。'孔子又对弟子说：'你们想学习接待宾客礼仪的人，就向公西赤学习吧。'

"完满却不自我满足，渊博却如同虚空，超过却如同赶不上，古代的君王也难以做到；知识广博无所不学，他的外表恭敬，德行敦厚；他对任何人说话，没有不真实的；他的志向高明远大，他的胸襟开阔坦荡，因此他长寿，这是曾参的品行。孔子说：'孝是道德的起始，悌是道德的前进，信是道德的加深，忠是道德的准则。曾参集中了这四种品德。'孔子就以此来称赞他。

"有大功不夸耀，处高位不欣喜，不贪功不慕势，不在贫苦无告者面前炫耀，这是颛孙师的品行。孔子这样评价他：'他的不夸耀，别人还可能做到，他在贫苦无告者面前不炫耀，则是仁德的表现。'《诗经》说：'平易近人的君子，是百姓的父母。'先生认为他的仁德是很伟大的。

"学习能够深入理解其义，送迎宾客必定恭敬，和上下级交往界限分明，是卜商的品行。孔子用《诗经》的话评价他说：'能够用平和公正的态度为人处事，就不会受到小人的危害。'像卜商这样，可以说不至于有危险了。

"富贵了他也不欣喜，贫贱了他也不恼怒；假如对民众有利，他宁愿行为俭约；他侍奉君王，是为了帮助下面的百姓，这是澹台灭明的品行。孔子说：'独自一个人富贵，君子认为是可耻的，澹台灭明就是这样的人。'

"事先考虑好，事情来临就按计划而行，这样行动就不会有错，这是言偃的品行。孔子说：'想要有才能就要学习，想要知道就要问别人，想要把事情做好就要仔细审慎，想要富足就要先有储备。按照这个原则行事，言偃是做到了。'

"个人独居时想着仁义，做官时讲话讲的是仁义，对于

《诗经》上的'白圭之玷，尚可磨也'的话牢记在心，因此言行极其谨慎，如同一天三次磨去白玉上的斑点，这是宫绍的品行。孔子相信他能行仁义，认为他是与众不同的人。

"自从见到孔子，进门出门，从没有违反礼节；走路来往，脚不会踩到别人的影子；不杀蛰伏刚醒的虫子，不攀折正在生长的草木；为亲人守丧，没有言笑，这是高柴的品行。孔子说：'高柴为亲人守丧的诚心，是一般人难以做到的；春天不杀生，是遵从做人的道理；不折断正在生长的树木，是推己及物的仁爱。成汤谦恭而又能推己及人，因此威望天天升高。'以上这几个人是我亲眼所见的。您向我询问，要求我回答，我本来也不知道谁是贤人。"

文子说："我听说，国家按正道行事，那么贤人就兴起来了，正直的人就会被任用，百姓也会归附。按照您刚才的议论，内容已经很丰富了，他们都可以做诸侯的辅佐啊！大概世上没有明君，所以没有得到任用。"

子贡和卫将军文子说过话之后，到了鲁国，见到孔子，说："卫将军文子向我问同学们的情况，再三地问，我推辞不掉，把我所见到的告诉了他。不知道是否合适，请让我告诉您吧。"

孔子说："说说吧。"子贡把和文子对话的情况告诉了孔子。孔子听后笑着说："赐啊，你能给人排座次了。"子贡回答说："我怎敢说知人，这是我亲眼看见的啊！"孔子说："是这样的。我也告诉你一些你没听到、没看到的事，这些难道是头脑想不到的，智力达不到的吗？"子贡说："我很愿意听。"

孔子说："不苛刻不忌妒，不计较过去的仇恨，这是伯夷叔齐的品行。

"思考天道而且尊敬人，服从仁义而做事讲信用，孝敬父母，友爱兄弟，从善如流而又教导不按正道而行的人，这是赵文子的品行。

"侍奉国君，不敢爱惜自己的生命，然而也不敢不爱惜自己的身体；谋求自己的发展，也不忘记朋友；君王任用时他就努力去做，不用则离开而退隐，这是随武子（范武子）的品行。

"为人思虑深邃，见闻广博难以被欺骗，内心修养足以终身受用；国家按正道治理，他的言论足以用来治国；国家不按正道治理，他的沉默足以用来保存自己，这是铜鞮伯华的品行。

"外表宽容而且内心正直，能自己矫正自己的行为，自己正直而不要求别人，努力地追求仁义，终身行善，这是蘧伯玉的品行。

"孝敬谦恭慈善仁爱，涵养德行谋求仁义，少积聚财富消除怨恨，轻视财物又不匮乏，这是柳下惠的品行。

"他说：'君主虽然不能度量臣子的能力，臣子不能不忠于君主。因此君主选择臣子而任用，臣子也选择君主来侍奉。君主按正道而行就听从他的命令，不按正道就隐居不仕。'这是晏平仲的品行。

"行动讲求忠信，即使整天说话，也不会出错；国家混乱，身处低位而不愁闷，生活贫困而能保持快乐，这是老莱子的品行。

"改变自己的行为来等待机遇，身处低位却不攀附高枝；四处游观，不忘记父母；想到父母，不尽兴就赶快归来；因为才能不足就去学习，不造成终身的遗憾，这是介子山的品行。"

子贡问："请问老师，您所知道的，就到此为止了吗？"

孔子说："怎么能这样说呢？我只是大略举出耳闻目睹的罢了。从前晋平公问祁奚：'羊舌大夫是晋国的优秀大夫，他的品行怎么样？'祁奚推辞说不知道。晋平公说：'我听说你从小在他家长大，你现在隐藏着不愿说，是为什么呢？'祁奚回答说：'他小时候谦恭而和顺，心里觉得有过错不会留到第二天来改正；他作为大夫，凡事皆出于善心而又谦虚正直；他做舆尉时，讲信用而不隐瞒功绩。至于他的外表，温和善良而喜好礼节，广博地听取而时出己见。'晋平公说：

'刚才我问你，你怎么说不知道呢？'祁奚说：'他的职位经常改变，不知他现在做什么官，所以不敢说知道。'这又是羊舌大夫的品行。"

子贡跪下说："请让我回去记下您的话。"

三、吾谁与归

"吾谁与归"这四个字，我们多是从范仲淹的《岳阳楼记》中读到，在这篇千古名文的结尾处，范仲淹写道："其必曰'先天下之忧而忧，后天下之乐而乐'乎！噫！微斯人，吾谁与归？"意思是："古仁人必定说：'先于天下人的忧去忧，晚于天下人的乐去乐。'唉！如果没有这种人，我与谁一道归去呢？"我们不知道当年范仲淹所追忆的古仁人究竟是谁，但必定是忧国忧民忧天下的大贤之人。

翻阅《国语》，《赵文子称贤随武子》篇中写道：

　　赵文子与叔向游于九原，曰："死者若可作也，吾谁与归？"叔向曰："其阳子乎！"文子曰："夫阳子行廉直于晋国，不免其身，其知不足称也。"叔向曰："其舅犯乎！"文子曰："夫舅犯见利而不顾其君，其仁不足称也。其随武子乎！纳谏不忘其师，言身不失其友，事君不援而进，不阿而退。"

　　赵文子和叔向一同到九原游览。赵文子说："死了的人如果能复活，我跟随谁好呢?"叔向说："大概是阳处父吧!"赵文子说："他在晋国行为廉直，结果不免被杀，他的才智不值得称道。"叔向说："那跟随舅犯吧!"赵文子说："他见到利益就不顾自己的国君，他的仁德也不值得称道。我还是跟随武子吧！他在劝谏君主的时候不忘称引其师，他在说到自身的时候不忘朋友的帮助，在事奉君主时不援引同党而推荐贤才，不阿谀奉承而黜退不肖之士。"

　　在古文献中，我们最早看到的"吾谁与归"这几个字便是出自《国语》。它表达了赵文子对于范武子的高度赞誉，纳谏不忘其师，言身不失其友，这是一个大贤之人才具备的素养和智慧。老子在《道德经》第十三章中写道："故贵以身为天下，若可寄天下；爱以身为天下，若可托天下。"一个人如果能够尊重天下像尊重自己的身体一样，他便可以寄身于天地之间；一个人如果爱护天下能够像爱护自己的身体一样，便可以把天下托付给他来进行管理了。范武子因忧国而告老，告老后仍不忘训诫后人，以期族人能在晋国那个复杂的政坛中不被伤害。或许范武子就是"进亦忧、退亦忧"，抑或许范仲淹所追忆的古仁人便是范武子这位范氏先人。

因此可以说，范武子践行了"纳谏不忘其师，言身不失其友"，老子归纳出了"贵以身为天下，若可寄天下；爱以身为天下，若可托天下"，范仲淹引申出了"先天下之忧而忧，后天下之乐而乐"，如此而已！

《说苑·尊贤》中记载：晋文公登烽火台，大夫们都来搀扶他，而士会不扶，晋文公说："会！作为人臣而轻慢君王的人，他会犯什么样的罪过？"士会回答说："这样他会犯重死之罪。"文公问："什么是重死之罪？"士会回答说："自己身死，妻子也被杀戮。"士会说："你为什么只询问臣子轻慢君王的人的罪过，而不问君王轻慢臣子的罪过呢？"文公说："作为君王而轻慢臣子，他的罪怎么样？"士会回答说："为君者轻慢臣子，那么智士不为他谋划，辩士不为他说话，聪明人不做计划，仁者不为他奔走，勇士不为他赴死。"文公拉着绳子下车，向大夫们推托说："我有腰髀之痛，希望各位大夫不要怪罪别人。"

诸大夫都去搀扶国君，唯独士会不扶，一个堂堂正正的形象便跃然纸上。他不去刻意讨好国君，而是敢于直面指出国君自身存在的问题。晋文公非但没有生气，而是敢于认错，不以自己的地位来压制下臣。足可见晋文公和士会这对君臣的君子之交、亦师亦友的关系。《新序·杂事第五》便记载

范武子

有晋文公学习士会的品德：

> 神农学悉老，黄帝学大真，颛顼学伯夷父，帝喾学
> 伯招，帝尧学州支父，帝舜学许由，禹学大成执，汤学
> 小臣，文王、武王学太公望、周公旦，齐桓公学管夷吾、
> 隰朋，晋文公学咎犯、随会，秦穆公学百里奚、公孙支，
> 楚庄王学孙叔敖、沈尹竺，吴王阖闾学伍子胥、文之仪，
> 越王勾践学范蠡、大夫种，此皆圣王之所学也。且夫天
> 生人而使其耳可以闻，不学，其闻则不若聋；使其目可
> 以见，不学，其见则不若盲；使其口可以言，不学，其
> 言则不若喑；使其心可以智，不学，其智则不若狂，故
> 凡学非能益之也，达天性也，能全天之所生而勿败之，
> 可谓善学者矣。

虽然士会比晋文公年轻近四十岁，但晋文公仍然向士会
学习其身上的美德——神农学习悉老，黄帝学习大真，颛顼
学习伯夷父，帝喾学习伯招，帝尧学习州支父，帝舜学习许
由，禹学习大成执，汤学习少臣，文王、武王学姜太公、周
公旦，齐桓公学管仲、隰朋，晋文公学咎犯、随会，秦穆公
学百里奚、公孙支，楚庄王学孙叔敖、沈尹竺，吴王阖闾学
伍子胥、文之仪，越王勾践学习范蠡、大夫文种，这是圣明

66

的君主所学啊。况且上天造人，使人的耳朵可以听见，听到了而不去学习，就不如聋人；使他的眼睛可以看到，看到了而不去学习，就不如盲人；使他的嘴可以说，不学习如何说话，就不如哑人；使人的心有智慧，不学智慧，就不如一个狂人，所以学习并不是能增益什么，而是畅达人的天性。能够保全来自上天的禀赋而不败坏它，就叫作善于学习。

四、宜夫子之光辅五君，以为诸侯主也

齐侯疥，遂痁，期而不瘳。诸侯之宾问疾者多在。梁丘据与裔款言于公曰："吾事鬼神丰，于先君有加矣。今君疾病，为诸侯忧，是祝、史之罪也。诸侯不知，其谓我不敬。君盍诛于祝固、史嚚以辞宾？"公说，告晏子。晏子曰："日宋之盟，屈建问范会之德于赵武。赵武曰：'夫子之家事治；言于晋国，竭情无私。其祝、史祭祀，陈信不愧；其家事无猜，其祝、史不祈。'建以语康王。康王曰：'神人无怨，宜夫子之光辅五君以为诸侯主也。'"公曰："据与款谓寡人能事鬼神，故欲诛于祝、史。子称是语，何故？"对曰："若有德之君，外内不废，上下无怨，动无违事，其祝、史荐信，无愧

心矣。是以鬼神用飨，国受其福，祝、史与焉。其所以蕃祉老寿者，为信君使也，其言忠信于鬼神。其适遇淫君，外内颇邪，上下怨疾，动作辟违，从欲厌私。高台深池，撞钟舞女，斩刈民力，输掠其聚，以成其违，不恤后人。暴虐淫从，肆行非度，无所还忌，不思谤讟，不惮鬼神。神怒民痛，无悛于心。其祝、史荐信，是言罪也。其盖失数美，是矫诬也。进退无辞，则虚以求媚。是以鬼神不飨其国以祸之，祝、史与焉。所以夭昏孤疾者，为暴君使也。其言僭嫚于鬼神。"公曰："然则若之何？"对曰："不可为也：山林之木，衡鹿守之；泽之萑蒲，舟鲛守之；薮之薪蒸，虞候守之。海之盐蜃，祈望守之。县鄙之人，入从其政，逼介之关，暴征其私。承嗣大夫，强易其贿。布常无艺，征敛无度；宫室日更，淫乐不违。内宠之妾，肆夺于市；外宠之臣，僭令于鄙。私欲养求，不给则应。民人苦病，夫妇皆诅。祝有益也，诅亦有损。聊、摄以东，姑、尤以西，其为人也多矣。虽其善祝，岂能胜亿兆人之诅？君若欲诛于祝、史，修德而后可。"公说，使有司宽政，毁关，去禁，薄敛，已责。

——《左传》

公元前 522 年，齐景公患了疥疮和疟疾，两日一发作，后来恶化，每天都要发作一次，一年间都没有痊愈，很多诸侯都派人来问候。梁丘据和裔款对齐景公说："我们事奉鬼神很丰厚，比先君已经有所增加了。现在君王病得很厉害，成为诸侯的忧虑，这是祝、史的罪过。诸侯不了解，恐怕要认为我们不敬鬼神，君王何不诛戮祝固、史嚚以向诸侯的来宾解释？"齐景公很高兴，告诉晏子。晏子说："从前在宋国的盟会，屈建向赵武询问范武子的德行。赵武说：'他老人家家族中的事务井然有序，在晋国说话，竭尽自己的心意而无私心。他的祝、史祭祀，向鬼神陈说实际情况心中也无愧。他的家族中没有可猜疑的事情，所以他的祝、史也不向鬼神祈求。'屈建把这些话告诉康王。康王说：'神和人都没有怨恨，这就是他老人家能够辅助五位国君称霸天下的原因吧。'"齐景公说："梁丘据与裔款认为寡人能够事奉鬼神，所以要诛戮祝、史，您提出这些话，是什么缘故？"晏子回答说："如果是有德行的君主，国家和宫里的事情都没有荒废，上下没有怨恨，举动没有违背礼仪的事，他的祝、史向鬼神陈述实际情况，就没有惭愧的心了。所以鬼神享用祭品，国家受到鬼神所降的福禄，祝、史也有一份。他们之所以繁衍有福、健康长寿，是因为他们乃诚实的国君的使者，他们的话对鬼神忠信。他们如果恰好碰上放纵的国君，里外偏颇邪恶，上下怨恨嫉妒，举动邪僻悖理，放纵欲望满足私心。构筑高台深池，奏乐歌舞，砍伐民力，掠夺百姓的积蓄，以这些行为铸成过错，而不体恤后代，暴虐放纵，随意行动没有法度，无所顾忌，不考虑怨谤，不害怕鬼神。天怒人怨，在心里还不肯悔改。他的祝、史陈说实际情况，这是报告国君的罪过。他们掩盖过错、专谈好事，这是虚诈欺骗。真假都不能陈述，只好陈述不相干的空话来向鬼神讨好，所以鬼神不享用他们国家的祭品，还让它发生祸难，祝、史也跟着倒霉。他们之所以夭折患病，是因为他们乃暴虐的国君的使者，他们的话对鬼神欺诈轻侮。"齐景公说："那该怎么办？"晏子回答说："没法办了：山林中的树木，由守山林的人看守它。洼地里的芦苇，舟鲛看守它。草野中的柴火，虞侯看守它。大海中的盐蛤，祈望看守它。偏僻地方的人，都要来服劳役，邻近国都的地方设关卡，横征暴敛。世袭大夫，强买货物。发布政令没有准则，征收赋税没有节制，宫室每天轮换着住，荒淫作乐不肯离开。宫内的宠妾，在市场上肆意掠夺；外边的宠臣，在边境上假传圣旨。奉养自己、追求玩好这些私欲，下边不能满足就立即治罪。百姓痛苦困乏，丈夫妻子都在诅咒。祝祷有好处，诅咒也有害处。聊、摄以东，姑、尤以西，人口多得很呢。虽然祝、史善于祝祷，难道能胜过这么多人的诅咒？君王如果要诛戮祝、史，只有修养德行然后才可以。"齐景公很高兴，让官吏放宽政令，毁掉关卡，废除禁令，减轻赋税，免除对官府所欠的债务。

从以上时人的评价，可以看出范武子的德高为范。其于国，竭情无私；其事君，不敢爱其死，不敢忘其身；其谋身，不遗其友；其治家，必家事治。

五、唯余范武子，乃是晋诸儒

宋代黄庭坚写诗《读晋史》来歌颂范武子，诗曰：

> 天下放玄虚，谁知与道俱。
> 唯余范武子，乃是晋诸儒。

宋代诗人李廌在一首《范蜀公挽诗》中，虽为对范蜀公（范镇）的敬挽，却表达了对于范镇先祖范武子的歌颂，诗曰：

> 重望晋随会，清明越大夫。
> 忘身安社稷，寄傲老江湖。

黼冕固已远，黄金犹可模。

旌贤宜异数，愿上孝宣图。

清道光帝旻宁把春秋时代的管仲、范武子、晏子、子产和子家羁五人列为五贤，并作《五贤咏》诗五首。分别为：

五贤咏·管仲

齐桓正不谲，鲍叔荐士公。一言为知己，任用即听从。

射钩置弗问，大度何冲冲。夷吾竭才力，五霸论称雄。

亲昵不可弃，宴安患无穷。片言得其要，政治昭齐东。

菁茅贡不至，成周祭不共。伐楚责大义，问罪宜兴戎。

脩礼受方物，强弱国皆同。五命推盟主，赞襄德化充。

平戎承宠命，执礼何其恭。贤哉管氏子，世祀酬勋庸。

五贤咏·范武子

同罪故同奔，非慕先蔑义。宣子为国谋，诸浮集众议。

蹑足隐端倪，要誓神其智。超哉绕朝鞭，洞悉真与伪。

衮职竭赞襄，进谏存深意。生民仁者心，分谤寮友谊。

王命一何尊，黻冕荣专赐。善人洵国宝，盗贼早远避。

典礼在觳觫，讲求务明备。训子敬事君，请老成厥志。

祝史无愧辞，家事先克治。竭情更无私，论古怀随季。

五贤咏·晏子

忠信立国基，晏婴曾进谏。一言省繁刑，听采及谣谚。

旧宅承先人，近市识屦贱。为政本诸仁，民情大可见。

狐裘三十年，清风邦之彦。纳邑聆忠言，受赏辞邯殿。

是时陈氏昌，厚施公量变。日夕市私恩，燠休退
迩遍。

营邱已屯遭，齐景尚荒宴。赖有老成人，谠论抒
无倦。

禳除祗取诬，爽鸠亦奚羡。闻善不能从，无乃规
为瑱。

五贤咏·子产

郑侨相小国，数世赖以安。农功喻为政，终始实
仔肩。

忠勤务奖劝，泰侈常弃捐。天人辨远迩，一语破
疑难。

以善代不善，非子产孰贤。善哉舆人诵，德怨披
心肝。

坏垣更讽喻，辞命操其权。象齿畏焚身，寓书谋
画弹。

卒感范宣子，轻币苛求蠲。择能任以事，令问四
邻宣。

懦烈喻水火，要术猛济宽。仲尼为出涕，遗爱诚
昭然。

五贤咏·子家羁

鲁昭政不明，童心一言定。强臣久擅权，谗人暗启衅。

公族子家羁，忠正国之俊。明达审机谋，谠言罔见听。

群小竞昏恢，懵然即笃信。日入愿将兴，终成一朝忿。

野井求诸人，胡不早如晋。恶定而好亡，险邪握其柄。

宛转辱乾侯，双琥暂受命。平子何诈谖，言甘欲从政。

已非貌而出，无劳频致讯。伤哉志不伸，忠良空饮恨。

五贤中，管仲辅助齐桓公做诸侯霸主，尊王攘夷，一匡天下；管仲以其君霸，晏子以其君显；子产更是被孔子推崇为春秋第一人；子家羁义不近名，忠不避难。且不去品读诗的文采和内容，单就道光帝把这五人列在一处，唤作五贤，足可见范武子之德在春秋时代散发出的光芒以及在晋国辅佐五位国君做霸主的斐然傲绩。《后汉书·左周黄列传》载："故光禄大夫周举，性侔夷、鱼，忠逾随、管。"已故光禄大夫周举，品德与伯夷、史鱼一样高洁，忠节超过了随会、管仲。可见，对于管仲和范武子的忠节，是古人对于诠释忠心的榜样。

《全唐文》中，对于范武子的评价，不吝溢美之词："周衰晋霸，世有哲卿。范武在秦，晋国如倾。将中军师，世主夏盟。典礼攸兴，刑政以清。神歆正词，国赖直清。诸侯朝贡，楚不敢争。告老归政，身全德明。溥传嵩岱，首冠春秋。楚子叹息，赵文绸缪。馨闻百代，风畅春流。"

《左传·襄公二十七年》说："尚矣哉！能歆神人！"高尚啊！能够让神和人都感到高兴！这也许是对范武子的政治智慧、人格魅力中肯的评价和总结。

狐射姑贾季曾评价赵盾和赵衰，说赵盾是夏天的太阳，赵衰是冬天的太阳，可见二人德行的差异。而对于范武子，翻遍史书，对于范武子的记载未见微词。可以说，对于晋国，对于华夏，范武子是春天的雨水，夏季的柳荫，他品德高尚，弥足珍贵。

第三章　法家先驱

　　法家是百家之一，它脱胎于春秋时期的士师（理官），
至战国时期发展成为一个成熟的学派。班固的《汉书·艺文
志》说：法家者流，盖出于理官，信赏必罚，以辅礼制。司
马迁在《史记·太史公自序》中，有对于百家的解读：

　　　　尝窃观阴阳之术，大祥而众忌讳，使人拘而多所畏；
　　然其序四时之大顺，不可失也。儒者博而寡要，劳而少
　　功，是以其事难尽从；然其序君臣父子之礼，列夫妇长
　　幼之别，不可易也。墨者俭而难遵，是以其事不可遍循；
　　然其强本节用，不可废也。法家严而少恩；然其正君臣
　　上下之分，不可改矣。名家使人俭而善失真；然其正名
　　实，不可不察也。道家使人精神专一，动合无形，赡足
　　万物。

司马迁说自己曾经在私下里研究过阴阳之术，发现它注重吉凶祸福的预兆，禁忌避讳很多，使人受到束缚并多有所畏惧，但阴阳家关于一年四季运行顺序的道理，是不可丢弃的。儒家学说广博但殊少抓住要领，花费了气力却很少有功效，因此该学派的主张难以完全遵从；然而它所序列君臣父子之礼，夫妇长幼之别则是不可改变的。墨家俭啬而难以依遵，因此该派的主张不能全部遵循，但它关于强本节用的主张，则是不可废弃的。法家主张严刑峻法而且刻薄寡恩，但它辨正君臣上下名分的主张，则是不可更改的。名家使人受约束而容易失去真实性；但它辩正名与实的关系，则是不能不认真考察的。道家使人精神专一，行动合乎无形之"道"，使万物丰足。

法家学派常以"富国强兵"为己任，如魏国的李悝变法、秦国的商鞅变法等。《资治通鉴》说："卫鞅既至秦，因嬖臣景监以求见孝公，说以富国强兵之术。公大悦，与议国事。"

在法家思想学派成熟以前，以晋国"士蒍之法""范武子之法"和"范宣子刑书"三代法典为治国的重要法典。尤其在范宣子作刑书之后，更是为法家的诞生奠定了坚实的基础。

一、士蒍之法

《左传·成公十八年》载:

> 二月乙酉朔, 晋侯悼公即位于朝。始命百官, 施舍、已责, 逮鳏寡, 振废滞, 匡乏困, 救灾患, 禁淫慝, 薄赋敛, 宥罪戾, 节器用, 时用民, 欲无犯时。使魏相、士鲂、魏颉、赵武为卿。荀家、荀会、栾黡、韩无忌为公族大夫, 使训卿之子弟共俭孝弟。使士渥浊为大傅, 使修范武子之法。右行辛为司空, 使修士蒍之法。

士蒍之法是范氏第一代法典。士蒍之法因年代久远, 具体内容不可考, 从历史记载上来看, 其具体思想应是"去富子, 谋公族, 集君权。诫莫若豫, 豫而后给, 备豫不虞, 军之善政"。士蒍的"去富子, 谋公族, 集君权"这种思想, 是基于"曲沃代晋"之后晋国公族力量过于庞大而提出的。

公元前785年, 晋穆侯去世, 弟弟殇叔自立为君, 太子仇被迫逃亡。公元前781年, 太子仇率领自己的党徒袭击殇叔成功, 自己成为国君, 这就是晋文侯。三十五年后, 公元前 746 年，文侯去世，儿子昭侯即位。晋昭侯元年（公元前 745 年），他把曲沃之地封给文侯的弟弟即自己的叔叔成师。当时晋国都城在翼城，而曲沃比翼城更大，成师被称为桓叔。时年五十八岁的桓叔崇尚德行，晋国百姓都依附于他。

公元前 739 年，晋国大臣潘父杀死国君昭侯，要迎立曲沃桓叔为君。但晋人反对，对桓叔用兵。桓叔失败，又回到曲沃。晋人立昭侯的儿子平为晋孝侯。晋孝侯八年（公元前 732 年），桓叔逝世，儿子鳝接管曲沃，这就是曲沃庄伯。公元前 725 年，庄伯在翼城杀死国君晋孝侯，欲自立。晋人再次攻打曲沃，庄伯败回。晋人又立孝侯的儿子郄为国君，即晋鄂侯。六年后，鄂侯逝世。庄伯再次兴兵讨伐晋都翼城而失败。晋人又立鄂侯的儿子光为国君，即晋哀侯。哀侯二年（公元前 716 年），庄伯逝世，他的儿子称接替庄伯即位，这就是著名的曲沃武公。经过武公七八年的励精图治，曲沃越发强大，晋国对它无可奈何。此时晋国国君是晋哀侯的儿子晋小子在位。晋小子四年（公元前 706 年），武公将晋小子骗出宫并杀死了他。周桓王派虢仲讨伐武公，武公逃回曲沃，晋哀侯的弟弟缗被立为晋侯。二十八年后，武公讨伐晋侯缗，并成功灭亡了晋。他把晋国的宝器全部用来贿赂周僖王，于是周僖王便任命武公为晋国君，并列为诸侯。

这个事件，历史上叫作"曲沃代翼"或"曲沃代晋"。

从在曲沃算起，晋武公在位共计三十八年。武公之后，儿子献公即位。献公在位时，士茏为晋国士师之职。此时晋国的局面是桓叔、庄伯等公族势力过于庞大，国君的权力受到束缚。晋献公便找到士茏，力求改变现状。于是士茏便采用一系列的办法，将公族成功打压下去，为国君赢得了权利。

士茏是晋国的士师，作为士师，他的职责是掌管有关"五禁之法"，以辅助刑罚。五禁之法即有关王宫的禁令、有关官府的禁令、有关都城的禁令、有关田野的禁令和有关军中的禁令。更有观点说：狱囚出逃，是因为政治混乱而士师不作为。可见士师之职，在春秋时期，对于国家的安定有着至关重要的作用。

二、范武子之法

《左传·宣公十六年》载：

十六年春，晋士会帅师灭赤狄甲氏及留吁、铎辰。三月，献狄俘。晋侯请于王。戊申，以黻冕命士会将中军，且为大傅。于是晋国之盗逃奔于秦。羊舌职曰："吾闻之，'禹称善人，不善人远'，此之谓也夫。《诗》

曰：'战战兢兢，如临深渊，如履薄冰。'善人在上也。
善人在上，则国无幸民。谚曰：'民之多幸，国之不幸
也。'是无善人之谓也。"

…………

冬，晋侯使士会平王室，定王享之，原襄公相礼。
殽烝。武子私问其故。王闻之，召武子曰："季氏，而
弗闻乎？王享有体荐，宴有折俎。公当享，卿当宴。王
室之礼也。"武子归而讲求典礼，以修晋国之法。

鲁宣公十六年（公元前 593 年）时，晋国为景公时代。
因士会灭赤狄有功，士会被提升为执掌中军兼太傅之职。后
来士会又奉晋君之命平定周王室之乱，周定王因此而设宴款
待他。士会在周都洛阳那段时间，研习礼乐，深知乐用以影
响人的内心，礼用以端正人的外表。乐使人极其平和，礼使
人极其恭顺。内心平和而外表恭顺，人们看到这样的人就不
会同他争斗，看到这样的人就不会产生轻佻怠慢的念头。因
此，德行的光辉萌动于内心，人们就不会不顺从；行为的准
则表现在外，人们也不会不顺从。详审礼和乐的道理，再把
它们付诸行动，天下就没有难事了。于是归国后，他汇总夏、
商、周三代法典，并同时恢复晋文公时所制定的"执秩之
法"，综合一起并加以修订，便是"范武子之法"。

夏、商、周三代法典年代久远，具体内容不可考。"执秩之法"又名"被庐之法"，它是公元前633年，晋文公在被庐之搜举行的军事活动，确定六卿制度的同时，制定了"被庐之法"。"执秩之法"在《汉书·刑法志》中有记载：

> 周道衰，法度墮，至齐桓公任用管仲，而国富民安。公问行伯用师之道，管仲曰："公欲定卒伍，修甲兵，大国亦将修之，而小国设备，则难以速得志矣。"于是乃作内政而寓军令焉，故卒伍定乎里，而军政成乎郊。连其什伍，居处同乐，死生同忧，祸福共之，故夜战则其声相闻，昼战则其目相见，缓急足以相死。其教已成，外攘夷狄，内尊天子，以安诸夏。齐桓既没，晋文接之，亦先定其民，作被庐之法，总帅诸侯，迭为盟主。然其礼已颇僭差，又随时苟合以求欲速之功，故不能充王制。二伯之后，浸以陵夷，至鲁成公作丘甲，哀公用田赋，搜狩治兵大阅之事皆失其正。春秋书而讥之，以存王道。于是师旅亟动，百姓罢散，无伏节死难之谊。孔子伤焉，曰："以不教民战，是谓弃之。"故称子路曰："由也，千乘之国，可使治其赋也。"而子路亦曰："千乘之国，摄乎大国之间，加之以师旅，因之以饥馑，由也为之，比及三年，可使有勇，且知方也。"治其赋

兵教以礼谊之谓也。

周代王道衰败，法令制度被毁坏后，到齐桓公任用管仲，国家才富强人民才安定。齐桓公询问称霸用兵的方法，管仲答道："您想安定军队，整治武备，大国也将这样做，而小国要想立军备来制敌，就难以快速达到目标。"于是就依靠制定内政来整治军队法令，因此在里中定卒伍制度，军队政事就在封邑治理中完成。把十人、五人的连在一起，共同生活同享欢乐，死生同忧，祸福共担，所以夜晚作战就可以相互听到声音，白天作战就可看到彼此，危急的时候足以为对方而死。这种教化形成，对外排除了夷狄的侵扰，对内尊崇天子，安定国内诸侯。齐桓公没落后，晋文公加以继承，也是先安定了他的人民，制定被庐之法，统率诸侯，接替做了盟主。但他的礼制已超出本分很多，又随时苟合以求急功近利，所以不能算作是先王的法制。齐桓公、晋文公之后，渐渐衰落，到鲁成公时制定使丘地缴纳田赋的法令，哀公又另计田亩和家财各为一赋，狩猎、治理军队和盛大的阅兵等事情都失去正统。《春秋》对此加以记载并进行指责，以保存王道。这之后，战事屡次发生，百姓羸弱疲困，没有了殉节而死和殉难而死的情义。孔子对此感到伤心，就说："用未经受过训练的人民去作战，这是在抛弃他们。"因此他称赞子路说："仲由，到一个有一千辆兵车的国家，可以让他负责兵赋工作。"而子路也说："有一千辆兵车的国家，被夹在几个大国的中间，外有军队侵犯它，内又有灾荒，我去治理，等到三年，可以使人人都有勇气，而且懂得道理。"这是说治理税赋和军队的同时也要教导以礼义。

士会祖上历代以士师为职，士师正是掌管禁令、狱讼、刑罚之事的官职。士会深谙士师之道，又熟识礼乐法典，兼顾执秩之法，因此在士会做晋国正卿之时，将缉盗科条尽行削除，专以礼乐教化劝民为善，于是奸民皆逃奔秦国，无一盗贼，晋国大治。关于群盗奔秦，在《列子》中有相关记载：

　　晋国苦盗。有郤雍者，能视盗之貌，察其眉睫之间而得其情。晋侯使视，千里无遗一焉。晋侯大喜，告赵文子曰："吾得一人，而一国盗为之尽矣。"文子曰："君司察而得盗，盗不尽矣，且郤雍必不得其死。"俄群盗谋曰："吾所以穷者，郤雍也。"遂戕之。晋侯闻大骇。召文子曰："果如子言，然取盗何方？"文子曰："君欲无盗，举贤而任之。"遂取随会为政，而群盗奔秦焉。

晋国从第一代国君唐叔虞起便重视立法。在"范武子之法"这样的法度下，晋国发生了著名的"赵氏孤儿"事件。

公元前 622 年至公元前 601 年的二十多年间，晋国一直是六卿中的赵盾赵宣子执政。在此期间，晋国施行的是"赵宣子之法"。晋景公忌惮于赵氏专横，便专门派士会去周王朝学习周礼，以期改变赵氏专权的局面。后来士会做正卿，景公便施行"范武子之法"，目的主要在于加强王室的权威、抑制强卿的势力。公元前 587 年，赵婴和赵庄姬私通。赵庄姬是晋国公主、晋成公的女儿、晋景公的姊妹。赵庄姬的丈夫是赵盾的儿子赵朔。但赵盾还有三个同父异母的兄弟，分别是赵同、赵括、赵婴。当年赵衰跟随晋文公流亡有功，晋文公便把女儿赵姬嫁给赵衰，并生了赵同、赵括、赵婴三个儿子。但在赵姬之前，赵衰曾与晋文公分别迎娶叔隗、季隗姐妹，赵衰生子赵盾。因此赵衰与晋文公既连襟连袂，又翁婿相称。赵衰死后，在赵姬的主张下，赵氏的宗主之位传给了庶出的赵盾，而非自己亲生的三个儿子。也就是赵盾在位之时，赵氏权力才日渐骄横。后来赵盾去世，将赵氏宗主还予赵括，但正卿之位由自己的儿子赵朔来继任。因赵氏宗主与正卿之位分离，便造成了赵氏内部的分裂。待赵朔去世，儿子赵武刚出生不久，小婴儿无法继承正卿之位，于是赵庄姬为了维护儿子赵武的地位，便与赵婴来往亲密。本来赵同、赵括、赵婴三兄弟彼此矛盾颇深，赵同与赵括得知了赵婴与赵庄姬的事情后，第二年，赵同、赵括把赵婴放逐到齐国。赵婴说："有我在，所以栾氏不敢作乱。我逃亡，两位兄长恐怕就有忧患了。而且人各有所能，也有所不能，不如赦免我。"赵同、赵括不听。赵婴梦见天上的使者对自己说："祭祀我，我降福给你。"赵婴便派人向士贞伯询问这是什么征兆。士贞伯说："不知道。"不久士贞伯就告诉别人说："神灵降福给仁爱的人，而降祸给淫乱的人。淫乱而没有受到惩罚，这就是福了。祭祀了，难道无祸？"赵婴祭祀了神灵，第二天就逃亡了。公元前583年，赵庄姬向晋景公诬陷说："原（赵同）、屏（赵括）将要作乱。栾氏、郤氏可做证。"同年六月，按照"范武子之法"，晋景公下令讨伐赵同、赵括。赵武跟随母亲庄姬寄住在晋景公宫里，免去灾难。赵氏一族被讨伐之后，晋景公把赵氏的土田赐给祁奚。韩厥对晋景公说："成季的功勋，宣孟的忠诚，但他们却没有后代来继承，做好事的人就要害怕了。三代的贤明君王，都能够几百年保持上天的禄位。难道就没有邪恶的君王？这是靠着他祖先的贤明才得以免于亡国。《周书》说：'不敢侮鳏寡，所以明德也。'"于是晋景公便留下赵武为赵氏的继承人，待赵武长大，便归还了赵氏的土田。这便是历史上有名的"赵氏孤儿"事件。

"范武子之法"还体现在治国、治军上。公元前597年，发生了晋楚邲之战。战争中，范武子有过一段对于治国、治军的经典阐述：

　　随武子曰："善。会闻用师，观衅而动。德、刑、政、事、典、礼不易，不可敌也，不为是征。楚军讨郑，怒其贰而哀其卑。叛而伐之，服而舍之，德、刑成矣。伐叛，刑也；柔服，德也。二者立矣。昔岁入陈，今兹入郑，民不罢劳，君无怨讟，政有经矣。荆尸而举，商、农、工、贾不败其业，而卒乘辑睦，事不奸矣。蒍敖为宰，择楚国之令典，军行，右辕，左追蓐，前茅虑无，中权，后劲。百官象物而动，军政不戒而备，能用典矣。其君之举也，内姓选于亲，外姓选于旧；举不失德，赏不失劳；老有加惠，旅有施舍。君子小人，物有服章。贵有常尊，贱有等威，礼不逆矣。德立、刑行，政成、事时、典从、礼顺，若之何敌之？见可而进，知难而退，军之善政也。兼弱攻昧，武之善经也。子姑整军而经武乎！犹有弱而昧者，何必楚？仲虺有言曰：'取乱侮亡。'兼弱也。《汋》曰：'於铄王师，遵养时晦。'耆昧也。《武》曰：'无竞惟烈。'抚弱耆昧，以务烈所，可也。"

这段阐述出自《左传·宣公十二年》，当时晋军发兵救郑，待大军行至黄河时，郑国却已投降楚国，并与楚国结盟。中军将荀林父欲班师回晋，士会同意荀林父的命令，且阐述道："我听说用兵之道，观察敌人的间隙而后行动，德行、刑罚、政令、事务、典则、礼仪合乎常道，就是不可抵挡的，不能进攻这样的国家。楚国的军队讨伐郑国，讨厌郑国有二心，又可怜郑国的卑下，郑国背叛就讨伐它，郑国顺服就赦免它，德行、刑罚都完成了。讨伐背叛，这是刑罚；安抚顺服，这是德行，这二者树立起来了。往年进入陈国，如今进入郑国，百姓并不感到疲劳，国君没有受到怨恨，政令就合于常道了，楚军摆成荆尸之阵而后发兵，井井有条，商贩、农民、工匠、店主都不废时失业，步兵车兵关系和睦，事务就互不相犯了。蒍敖做令尹，选择实行楚国好的法典，军队出动，右军跟随主将的车辕，左军打草作为歇息的准备，前军以旌旆开路以防意外，中军斟酌谋划，后军以精兵压阵。各级军官根据象征自己的旌旗的指示而采取行动，军事政务不必等待命令且完备，这就是能够运用典则了。他们国君选拔人才，同姓中选择亲近的支系，异姓中选择世代旧臣，提拔不遗漏有德行的人，赏赐不遗漏有功劳的人。对老人有优待，对旅客有赐予。君子和小人，各有规定的服饰。对尊贵的有一定的礼节示以尊重，对低贱的有一定的等级示以威严。这就是礼节没有不顺的了。德行树立，刑罚施行，政事成就，事务合时，典则执行，礼节顺当，怎么能抵挡楚国？看到可能就前进，遇到困难就后退，这是治军的好办法。兼并衰弱进攻昏暗，这是用兵的好规则。您姑且整顿军队、筹划武备吧！还有弱小而昏暗的国家，为什么一定要进攻楚军？仲虺说：'占取动乱之国，欺侮可以灭亡之国。'说的就是兼并衰弱。《汋》说：'天子的军队多么神气，率领他们把昏昧的国家占取。'说的就是进攻昏昧。《武》说：'武王的功业无比伟大强盛。'安抚衰弱进攻昏暗，以致力于功业所在，这就可以了。"

从这段话中，可以窥见"范武子之法"的中心思想——"伐叛、柔服、惠老、施旅、抚弱、眷昧，贵有常尊、贱有等威"。而赵氏正是触犯了"伐叛"的条款，才有了赵氏孤儿的悲剧。后来"赵氏孤儿"事件也被改编成程婴和公孙杵臼为了报答昔日赵氏主人的恩情智救孤儿，与奸臣屠岸贾奋勇斗争的故事。

三、范宣子刑书

公元前 550 年，范宣子制定了中国第一部明文法规。但制定之初，刑书并未对外公布，而是只在晋国公卿内部流行。公元前 536 年，郑国子产将郑国的法律条文铸在象征诸侯权位的铜鼎上，并向全社会公布，史称子产"铸刑鼎"。公元前 513 年，赵鞅、荀寅带兵在汝水岸边筑城时，向晋国的百姓征收了四百八十斤铁，用来铸造刑鼎，并将"范宣子刑书"铸在鼎上，公布于世。虽然子产铸刑书比范宣子刑书的诞生时间晚了十几年，但是范宣子刑书的公布时间却比子产铸刑书晚了二十几年。

《抱朴子外篇·用刑》说："刑之为物，国之神器，君所自执，不可假人，犹长剑不可倒捉，巨鱼不可脱渊也。乃崇替之所由，安危之源本也。田常之夺齐，六卿之分晋，赵高之弑秦，王莽之篡汉，履霜逮冰，由来渐矣。或永叹于海滨，或拊心乎望夷，祸延宗祧，作戒将来者，由乎慕虚名于往古，忘实祸于当己也。"《周礼》中讲以乡八刑纠万民："一曰不孝之刑，二曰不睦之刑，三曰不姻之刑，四曰不弟之刑，五曰不任之刑，六曰不恤之刑，七曰造言之刑，八曰乱民之刑。"刑法是治理国家的神器，国君要自己掌握执行，不能由别人把持，就像长剑不能倒拿，大鱼不能离开水一样。这是盛衰兴废产生的原因，国家安定和危险的根源之所在。田常的后人最终夺取了齐国，六卿瓜分了晋国大权，赵高杀死了秦二世，王莽篡夺了汉朝，都是从落霜到结冰一步一步逐渐形成的。

对于"范宣子刑书"的公布，孔夫子表示强烈愤慨。彼时春秋之时，儒家思想以礼乐治国，提倡仁、义、礼、智、信，温、良、恭、俭、让。因此孔子在得知"范宣子刑书"公布于众后，认为晋国失掉了唐叔虞的法度，是在乱法，不能把它当作法律来执行。同时晋国的史官蔡墨也气急败坏地诅咒道："范氏、中行氏恐怕要灭亡了吧，擅自铸造刑鼎，以此为国家的法律，这便是法令的罪人，擅自改变晋文公制定的被庐之法已然是大罪，如果纠正错误，修养道德还可免于祸患。"孔夫子的反对，在韩非子的思想中有异曲同工之处。《韩非子·内储说下六微》中说："赏罚者，利器也，君操之以制臣，臣得之以拥主。故君先见所赏，则臣鬻之以为德；君先见所罚，则臣鬻之以为威。故曰：'国之利器，不可以示人。'"意思是赏罚是锐利的武器，君主用它来控制臣下，臣下获得它用来蒙蔽君主。所以君主事先显露出所赏赐的对象，臣下就会卖弄人情而作为自己的恩德；君主事先显露出所惩罚的对象，臣下就会卖弄权势以作为自己的威风。所以国家的锐利武器，不可以显示给人看。

"范宣子刑书"产生的历史背景，从《左传·昭公三年》中可以看出一二：

> 齐侯使晏婴请继室于晋，曰："寡君使婴曰：'寡人愿事君，朝夕不倦，将奉质币以无失时，则国家多难，是以不获。不腆先君之適，以备内官，焜耀寡人之望，则又无禄，早世陨命，寡人失望。君若不忘先君之好，惠顾齐国，辱收寡人，微福于大公、丁公，照临敝邑，镇抚其社稷，则犹有先君之適及遗姑姊妹若而人。君若不弃敝邑，而辱使董振择之，以备嫔嫱，寡人之望也。'"韩宣子使叔向对曰："寡君之愿也。寡君不能独任其社稷之事，未有伉俪，在缞绖之中，是以未敢请。君有辱命，惠莫大焉。若惠顾敝邑，抚有晋国，赐之内主，岂唯寡君，举群臣实受其贶。其自唐叔以下，实宠嘉之。"

> 既成昏，晏子受礼，叔向从之宴，相与语。叔向曰："齐其何如？"晏子曰："此季世也，吾弗知齐其为陈氏矣。公弃其民，而归于陈氏。齐旧四量，豆、区、釜、钟。四升为豆，各自其四，以登于釜。釜十则钟。陈氏

93

三量皆登一焉，钟乃大矣。以家量贷，而以公量收之。山木如市，弗加于山；鱼、盐、蜃、蛤，弗加于海。民参其力，二入于公，而衣食其一。公聚朽蠹，而三老冻馁。国之诸市，屦贱踊贵。民人痛疾，而或燠休之。其爱之如父母，而归之如流水，欲无获民，将焉辟之？箕伯、直柄、虞遂、伯戏，其相胡公、大姬已在齐矣。"叔向曰："然。虽吾公室，今亦季世也。戎马不驾，卿无军行，公乘无人，卒列无长。庶民罢敝，而宫室滋侈。道殣相望，而女富溢尤。民闻公命，如逃寇仇。栾、郤、胥、原、狐、续、庆、伯，降在皂隶。政在家门，民无所依。君日不悛，以乐慆忧。公室之卑，其何日之有？《谗鼎之铭》曰：'昧旦丕显，后世犹怠。'况日不悛，其能久乎？"晏子曰："子将若何？"叔向曰："晋之公族尽矣。肸闻之，公室将卑，其宗族枝叶先落，则公室从之。肸之宗十一族，唯羊舌氏在而已。肸又无子，公室无度，幸而得死，岂其获祀？"

齐景公派晏婴请求继续送女子到晋国，说："寡君派遣婴的时候说：'寡人愿意事奉君王，早晚都不倦怠，要奉献财礼而不失去定时，然而由于国家多难，因此不能前来。先君的嫡女有幸在君王的内宫充数，照亮了寡人的希望，但寡人又没有福气，先君的嫡女过早地死去了，寡人失去了希望。君王如果不忘记先君的友好，加恩顾念齐国，对寡人和睦，求福于太公、丁公，光辉照耀敝邑，镇定安抚我们的国家，那么还有先君的嫡女和其余姑姐妹若干人。君王如果不抛弃敝邑，而派遣使者慎重选择，作为姬妾，这就是寡人的希望。'"韩宣子派叔向回答说："这正是寡君的愿望。寡君不能单独承担国家大事，没有正式的配偶，由于在服丧期间，因此没有敢提出请求。君王有命令，没有比这再大的恩惠了。如果加恩顾念敝邑，安抚晋国，赐给晋国内主，岂独是寡君，所有的臣下都受到他的恩赐，从唐叔以下都会尊崇赞许他。"

订婚以后，晏子接受享礼，叔向陪他饮宴，互相谈话。叔向说："齐国怎么样?"晏子说："到了末世了，我不能不说齐国可能属于陈氏了。国君不爱护他的百姓，让他们归附陈氏。齐国过去有四种量器，豆、区、釜、钟。四升为一豆，各自再翻四倍，成为一釜。十釜就是一钟。陈氏的豆、区、釜三种量器都加大四分之一，钟的容量就大了。他用私家的大量器借出，而用公家的小量器收回。山上的木料运到市场，价格不高于山上。鱼、盐、蜃、蛤，价格不高于海边。百姓力量如果分为三份，两份归于国君，只有一份维持衣食。国君的积蓄腐朽生虫，而老人们却挨冻受饥。国都的市场上，鞋子便宜而假足昂贵。百姓有痛苦疾病，陈氏就厚加赏赐。

他爱护百姓如同父母，而百姓归附如同流水。想要不得到百姓的拥护，哪里能避开？箕伯、直柄、虞遂、伯戏，他们跟随着胡公、太姬，已经在齐国了。"叔向说："是呀。即使是我们公室，现在也是末世了。战马不驾战车，卿不率领军队，公室的战车没有御者和戎右，步兵的行列没有长官。百姓困疲，而宫室更加奢侈。道路上饿死的人一个接着一个可以互相看见，而宠姬的家里财富特别多。百姓听到国君的命令，好像躲避仇敌一样。栾、郤、胥、原、狐、续、庆、伯这八家已经降为低贱吏役，政事在于私家，百姓无依无靠。国君毫不改悔，用欢乐来排遣忧患。公室的卑微，还能有几天？《谗鼎之铭》说：'黎明即起，声名可以显赫，子孙后代还会懈怠。'何况毫不改悔，他能够长久吗？"晏子说："您打算怎么办？"叔向说："晋国的公族完结了。肸听说，公室将要卑微，它的宗族像树叶一样先落，公室就跟着凋零了。肸的一宗十一族，只有羊舌氏还在。肸又没有好儿子，公室又没有法度，得到善终就是侥幸，难道还会受到祭祀？"

晋国在晋平公即位以后，国家政权逐渐在六卿之手，公室大权旁落，几乎到了被架空的地步。从上述引文中可以看到，晋国当时的状态是："戎马不驾，卿无军行，公乘无人，卒列无长。庶民罢敝，而宫室滋侈。道殣相望，而女富溢尤。民闻公命，如逃寇仇。栾、郤、胥、原、狐、续、庆、伯，降在皂隶。政在家门，民无所依。君日不悛，以乐慆忧。公室之卑，其何日之有？"在这样的背景下，晋国迫切需要安抚百姓，整顿国务，制衡公族，巩固公室地位，同时又限制公室对六卿的加害，以期改变晋国颓废的局面。因此，在晋国这个国度，才诞生了"范宣子刑书"。

子产作刑书时，叔向曾发言责难，叔向说："过去儒家先王搞政治用口头商议的办法管束百姓，绝不会以形成明文的法律治理百姓，主要是威慑百姓产生权力争辩之心，免得禁止而不及，所以，要用'义'来约束人们的心性，要用礼制来纠正人们的行为，要人们以信仰的态度奉行仁德。既要用奖励的办法来规劝人们服从，又要用严刑峻法使异端思想威服。要威慑办法防患于未然，必须教导百姓的忠君，让人行为失聪而聋盲，变得温和，达到敬畏程度；要以强力的监管，刚性的专断搞治理。当然，这尤其需要圣明的君上、明察秋毫的官长、有忠孝诚信的族长、仁慈贤惠的老师们的管理教导，百姓就会听任摆布，顺从不生祸乱。百姓知道有了铸刑鼎明文公开刑法，就会不忌惮君上，并且可能依据明文法律产生争取权力之心。把刑法制度以书面形式公开，就算获得意外的治理的成功，也绝不能冒险去这样做啊！"

范宣子作刑书，孔子也激烈反对。孔子说："晋国大概要亡国啦，太没有规矩了！本来晋国完全可以？直遵循西周

97

先王唐叔虞制定的礼制法度，用以管束他们的百姓，让卿大夫们牢牢把控社会礼俗等差次序，老百姓自然会尊敬他们的珍贵身份，有了这珍贵身份就永远保有自己的珍贵职位。贵和贱没有差错，这就是所谓规矩。晋文公因为这个原因任命了主管爵位秩序的官，搞因地名制定法度的'被庐之法'，成就了霸主的地位。现在把这个规矩放弃了来搞明文公开的刑鼎法制，那么老百姓的地位就提高了，那不就没有贵族了？没有贵贱之分，还算是国家吗？况且把晋国范宣子大夫的秘密刑法拿掉个干净，必使晋国制度混乱，如果这样将用什么为法？"

士芕之法，荡除公族，巩固君主的统治；范武子之法，抑制公卿，使晋国大治；范宣子刑书的问世，是历史发展的一个阶段，标志着春秋时代礼治和法治的合流，并为后世法家的兴起和思想的成熟提供了坚强的导向作用。《晋书》中说："古之刑书，铭之钟鼎，铸之金石，所以远塞异端，使无淫巧也。"即古人把刑书刻在金石钟鼎之上，是为了堵塞与刑法相违背的规定，避免执法人巧使舞弊，滥作解释。因此，范氏三代之法，均对国家有着非凡的政治意义。

第四章　六卿

晋国在春秋时是大国，它代表了春秋大义，但东周的礼坏乐崩也始于晋。而"君道之御其臣下，固不易哉"的现象并非晋国独有，当时，鲁有三桓，郑有七穆，齐有田氏，宋有华向，均是卿族执政，国家被他们肆意运作，整个春秋之世，皆无可奈何。直至田常夺齐，三家分晋，后世更有秦朝赵高之弑秦，西汉王莽之篡汉。齐国灭亡的原因，并非齐国丢失了土地和城镇，而是姜氏不能控制而田氏占有了它；晋国灭亡的原因，也并非丢失了土地和城镇，而是姬氏不能控制而被六卿把持它。大臣执掌权柄且独断专行，君主却不懂得收回。因此说，明君解决困难问题，应该从问题易于解决的时候就开始；铲除邪恶，应趁它尚在细微的时候就进行，不必夸耀自己的优点，以助长悖乱，更不便于在执法中犹豫不决。

范武子

　　晋文公是春秋时期著名的贤明君主，他漂泊江海十九年，生活极其困顿贫苦。逃亡中，有赵衰、狐偃、狐毛、贾佗、先轸、魏犨、介子推、胥臣等一干贤臣追随于左右。后来得以即位，并对臣子论功行赏，设三军，置六卿，于是六卿分职，天下乃治。后经襄公、灵公、成公、景公、厉公。晋厉公之时，六卿已是位高权重。胥僮、长鱼矫劝谏说："大臣位尊权重，与君主抗衡争权夺利，对外勾结树立私党，对下扰乱国法，对上挟持君主，像这样的国家，怎么会不灭亡。"晋厉公说："说得对。"于是诛杀了六卿中的三郤（郤至、郤锜和郤犨）。胥僮、长鱼矫又劝谏说："罪行相同的人杀了一部分而不能全部除掉，余下的人就会心怀怨恨，这是给他们提供作乱的机会。"晋厉公说："我一下子就杀掉了三个卿，我不忍心把他们全部杀掉。"长鱼矫说："您不忍心杀他们，他们会忍心杀掉您。"晋厉公不听。过了三个月，六卿中其他人作乱，将晋厉公诛杀。传至晋悼公时，公室日益衰败，六卿继续专权。直至范吉射、中行寅事件发生，六卿变作四卿。后来韩、赵、魏三家合谋灭掉知氏，四卿变作三卿，最终韩、赵、魏三家分晋。

　　《史记三家注》"索隐述选"曰："天命叔虞，卒封于唐。桐珪既削，河、汾是荒。文侯虽嗣，曲沃日强。未知本末，祚倾桓庄。献公昏惑，太子罹殃。重耳致霸，朝周河阳。灵

既丧德，厉亦无防。四卿侵侮，晋祚遽亡。"因此，可以说
晋国是"成也六卿，败也六卿"。唐朝诗人周昙读到晋国这
段历史后，作诗《春秋战国门·文公》，诗曰：

灭虢吞虞未息兵，柔秦败楚霸威成。
文公徒欲三强服，分晋元来是六卿。

范氏自范武子起位列六卿，范氏宗族在晋国政坛历经一百
三十余年（见表 4-1 至表 4-5），先后由范武子、范文子、范
宣子、范献子和范昭子做范氏宗主。其中范武子、范宣子和范
献子位列正卿，执掌中军。最终范氏因范昭子与中行文子发动
范氏中行氏之乱，两家皆被驱逐出晋国，从而也结束了范氏在
晋国的政治生涯。

表 4-1　晋国六卿世袭（前 610—前 593 年）

年代		前 610—前 601 年	前 601—前 597 年	前 597—前 596 年	前 596—前 594 年	前 594—前 593 年
中军	中军将	赵盾（赵宣子）	郤缺（郤成子）	荀林父（中行桓子）	荀林父（中行桓子）	士会（范武子）
	中军佐	荀林父（中行桓子）	荀林父（中行桓子）	先縠	先縠	郤克（郤献子）
上军	上军将	郤缺（郤成子）	先縠	士会（范武子）	郤克（郤献子）	赵朔（赵庄子）
	上军佐	先縠	士会（范武子）	郤克（郤献子）	赵朔（赵庄子）	荀首（知庄子）
下军	下军将	士会（范武子）	赵朔（赵庄子）	赵朔（赵庄子）	荀首（知庄子）	栾书（栾武子）
	下军佐	胥甲	栾书（栾武子）	栾书（栾武子）	栾书（栾武子）	荀庚（中行宣子）
备注		范武子入六卿				

102

表 4-2　晋国六卿世袭（前 593—前 573 年）

年代		前 593—前 587 年	前 587—前 583 年	前 583—前 576 年	前 576—前 574 年	前 574—前 573 年
中军	中军将	郤克（郤献子）	栾书（栾武子）	栾书（栾武子）	栾书（栾武子）	栾书（栾武子）
	中军佐	荀首（知庄子）	荀首（知庄子）	荀庚（中行宣子）	士燮（范文子）	荀偃（中行献子）
上军	上军将	荀庚（中行宣子）	荀庚（中行宣子）	士燮（范文子）	郤锜	韩厥（韩献子）
	上军佐	士燮（范文子）	士燮（范文子）	郤锜	荀偃（中行献子）	荀罃（知武子）
下军	下军将	栾书（栾武子）	郤锜	韩厥（韩献子）	韩厥（韩献子）	魏相
	下军佐	赵同	赵同	荀罃（知武子）	荀罃（知武子）	士鲂
备注		范文子接任范氏宗主				

表4-3 晋国六卿世袭（前573—前552年）

年代		前573—前570年	前570—前566年	前566—前560年	前560—前555年	前555—前552年
中军	中军将	韩厥（韩献子）	韩厥（韩献子）	荀罃（知武子）	荀偃（中行宣子）	士匄（范宣子）
	中军佐	荀罃（知武子）	荀罃（知武子）	士匄（范宣子）	士匄（范宣子）	赵武（赵文子）
上军	上军将	荀偃（中行宣子）	荀偃（中行宣子）	荀偃（中行宣子）	赵武（赵文子）	韩起（韩宣子）
	上军佐	士匄（范宣子）	士匄（范宣子）	韩起（韩宣子）	韩起（韩宣子）	荀吴（中行穆子）
下军	下军将	栾黡（栾桓子）	栾黡（栾桓子）	栾黡（栾桓子）	栾黡（栾桓子）	魏绛（魏昭子）
	下军佐	士鲂	士鲂	士鲂	魏绛（魏昭子）	栾盈（栾怀子）
备注		范宣子接任范氏宗主			六卿格局形成	

表4-4　晋国六卿世袭（前552—前514年）

年代		前552—前548年	前548—前541年	前540—前533年	前533—前520年	前520—前514年
中军	中军将	士匄（范宣子）	赵武（赵文子）	韩起（韩宣子）	韩起（韩宣子）	韩起（韩宣子）
	中军佐	赵武（赵文子）	韩起（韩宣子）	赵成（赵景子）	赵成（赵景子）	魏舒（魏献子）
上军	上军将	韩起（韩宣子）	荀吴（中行穆子）	荀吴（中行穆子）	荀吴（中行穆子）	士鞅（范献子）
	上军佐	荀吴（中行穆子）	魏舒（魏献子）	魏舒（魏献子）	魏舒（魏献子）	荀跞（知文子）
下军	下军将	魏舒（魏献子）	士鞅（范献子）	士鞅（范献子）	士鞅（范献子）	赵鞅（赵简子）
	下军佐	程郑	荀盈（知悼子）	荀盈（知悼子）	荀跞（知文子）	荀寅（中行文子）
备注			范献子接任范氏宗主			

105

范武子

表 4-5　晋国六卿世袭（前 514—前 453 年）

年代		前 514—前 509 年	前 509—前 502 年	前 502—前 497 年	前 496—前 478 年	前 478—前 453 年
中军	中军将	魏舒（魏献子）	士鞅（范献子）	荀跞（知文子）		
	中军佐	士鞅（范献子）	荀跞（知文子）	赵鞅（赵简子）		
上军	上军将	荀跞（知文子）	赵鞅（赵简子）	荀寅（中行文子）	赵鞅（赵简子）	荀瑶（知襄子）
	上军佐	赵鞅（赵简子）	荀寅（中行文子）	韩不信（韩简子）	韩不信（韩简子）	赵毋恤（赵襄子）
下军	下军将	荀寅（中行文子）	韩不信（韩简子）	魏曼多（魏襄子）	魏曼多（魏襄子）	韩虎（韩康子）
	下军佐	韩不信（韩简子）	魏曼多（魏襄子）	士吉射（范昭子）	荀申（知宣子）	魏驹（魏桓子）
备注				范昭子接任范氏宗主	中行氏、范氏被驱逐	

106

一、范文子（士燮）

士会生有三子，分别是长子士燮、次子士雃和幼子士鲂。

范武子告老后，将范氏宗主之位交予士燮，士燮一脉一直在晋六卿行列。士燮和士鲂为一母同胞，二人均进入六卿行列，士燮做到中军佐之位，士鲂做到下军佐之位。士鲂因采邑于彘，后人便以彘为氏。士鲂死后，其子年幼，其后人丧失卿位。士会迎立公子雍因此而留秦七年，其间士雃陪伴在旁。士会返晋后，士雃未能跟随父亲返回，而是一直留在秦国，因先祖是刘累，士雃在秦复姓刘。后人便以刘为姓。

士会告老至去世，其间有八九年的时间，一直培养辅助范文子（士燮），使得范文子成长为一个道德高尚、才能卓越的政治家，并拥有了高超的政治智慧和长者的风范。

公元前 592 年，郤克出使齐国会盟，被齐景公的母亲萧桐叔子嘲笑，因此怀恨在心。回国后欲动用国家军队去讨伐齐国，晋景公没有允许他这么做。范武子担心郤克会因此而增加国内祸乱，于是便主动让贤隐退，告老还乡，把中军将位置让出。

三年后，公元前 589 年，卫国上卿孙桓子和鲁卿臧宣叔到晋国求救，希望晋国出兵攻打齐国。此时晋国六卿分别为：中军将郤克，中军佐荀首；上军将荀庚，上军佐范文子；下军将栾书，下军佐赵同。晋景公答应出兵，并派出七百辆战车支持，以救援鲁国和卫国，臧宣叔迎接晋军，同时做向导开路。六月十七日，齐、晋两军在靡笄摆开阵势。齐军战败。郤克欲报当年被嘲讽之仇，要齐国拿萧桐叔子作为人质，并让齐国境内的田垄全部东移。经齐国上卿宾媚一番言辞，且为了不加深仇恨，鲁、卫两国也都劝谏郤克，于是晋国人采纳了鲁、卫的意见，不再过分要求齐国。晋国军队班师回国，范文子最后回来。他的父亲范武子说："你不知道我在盼望你吗？为什么不能早点入城归来？"范文子回答说："出兵有功劳，国内的人们高兴地迎接他们。先回来，一定受到人们的注意，这是代替统帅接受荣誉，所以我不敢。"武子说："你这样谦让，我觉得可以免于祸害了。"

郤克入见晋景公，晋景公说："这是您的功劳啊！"郤伯回答说："这是君王的教导，诸位将帅的功劳，下臣有什么功劳呢？"范文子入见，晋景公像对郤伯一样慰劳他。范文子回答说："这只是接受庚的命令，服从克的节制而已，臣燮有什么功劳？"栾伯进见，晋景公也如同慰劳郤伯他们一样慰劳他。栾伯回答说："这是士燮的指示，士兵服从命令，小臣栾书有什么功劳呢？"

从靡笄之役中范文子的表现，可以看出他已经成长为一个合格的政治家。

曾经，晋景公忌惮赵氏专横，于公元前593年派士会去周王朝学习周礼。士会回晋后，"讲聚三代之典礼，于是乎修执秩以为晋法"，是为"范武子之法"。景公施行"范武子之法"，目的主要在于加强公室的权威、抑制强卿的势力。十年后，公元前583年，晋国的赵庄姬因赵婴逃亡之故，向晋景公诬陷说："原（赵同）、屏（赵括）将要作乱。栾氏、郤氏可做证。"同年六月，按照"范武子之法"，晋景公下令讨伐赵同、赵括。赵武跟随母亲赵庄姬寄住在晋景公宫里。晋景公把赵氏的土田赐给祁奚。韩厥对晋景公说："成季的功勋，宣孟的忠诚，但他们却没有后代来继承，做好事的人就要害怕了。三代的贤明君王，都能够几百年保持上天的禄位。难道就没有邪恶的君王？这是靠着他祖先的贤明才得以免于亡国。《周书》说：'不敢侮鳏寡，所以明德也。'"于是晋景公便留下赵武为赵氏的继承人，归还了赵氏的土田。

后来赵武长大，并举行了冠礼（成人礼）后，依照周礼，需要依次去拜见国君、大夫。他分别拜见了栾武子、中行宣子、范文子、郤驹伯、韩献子等人，他们均对赵文子（赵武）有一番教导。拜见范文子时，范文子教导他说："现在你可要警惕啦，贤明的人受到宠爱而更加警戒，智慧不足的人因为得宠而骄傲起来。所以振兴事业的君王奖赏那些敢于进谏的臣子，而贪图享乐的君王却惩罚他们。我听说古时候的君王，在建立了德政之后，又能听取百姓的意见，于是叫瞎眼乐师在朝廷上诵读前代的箴言，在位的百官献诗讽谏，使自己不受蒙蔽，在市场上采听商旅的传言，在歌谣中辨别吉凶，在朝廷上考察百官职事，在道路上询问毁誉，有邪曲不正的地方就纠正过来，这一切就是警惕戒备的全部方法了。先王最痛恨的就是骄傲。"

从范文子对赵武的劝诫，足见他的长者风范。

公元前 575 年春季，楚共王从武城派公子成用汝阴的土田向郑国求和。郑国背叛晋国，子驷跟随楚子在武城结盟。晋厉公准备讨伐郑国，范文子不想动用武力，说："依我的想法，诸侯都背叛，那么我国就可以有所作为了。正因为有些诸侯归附我们，所以搞得纷纷扰扰。这些诸侯，是祸乱的根源。得到了郑国，忧患会更加多，何必要对郑国用兵呢？"郤至说："那么，称王天下的君王忧患就多吗？"范文子回答说："我们晋国是称王天下的君主吗？称王天下的君主建立功德，远方的诸侯自会把本地的财货进贡给他，因此没有忧患。如今我们晋国少德，而要求得到称王天下的功业，所以有很多的忧患。你看那些没有土地而想求得富有的国家，会安乐吗？"

110

栾武子说："不能在我们这一辈执政的时候失去诸侯，一定要进攻郑国。"于是就发兵。栾书率领中军，士燮作为辅佐；郤锜率领上军，荀偃作为辅佐；韩厥率领下军，郤至作为新军辅佐。荀罃留守。

郑国人听说晋国出兵，就派使者报告楚国，姚句耳同行。楚共王救援郑国。司马子反率领中军，令尹子重率领左军，右尹子辛率领右军。

五月，晋军渡过黄河。他们听说楚军将要到达，范文子想要回去，说："我们假装逃避楚国，这样就能够缓和忧患。会合诸侯，不是我所能做到的，还是留给有能力的人吧。我们群臣如果和睦以事奉国君，这就够了。"栾武子说："不可以。"

六月，晋、楚两军在鄢陵相遇。范文子不想作战。郤至说："韩地这一战，惠公失败归来；箕地这一役，先轸不能回国复命；邲地这一仗，荀伯又失败，这都是晋国的耻辱。您也了解先君时代的情况了。现在我们逃避楚国，这又是增加耻辱。"范文子说："我听说，统治人民要使用刑罚来端正臣民，这件事做到了，然后才能对外显示武力，因此能做到国内团结，国外畏惧。现在我国司法官用来惩罚小民的刀锯，天天使用得快要坏了，而用来惩罚大臣的斧钺却并不使用。在国内尚且有不能施以刑典的，又何况对外呢？战争，就是一种刑罚，是用来惩罚过错的。过错是由大臣造成的，而怨恨来自一般小民，因此要用恩惠来消除小民的怨恨，下狠心禁止大臣的过错。小民没有怨恨，大臣不犯过失，然后可以用兵，去惩罚国外那些不顺服的人。如今我国的刑罚施加不到大臣，却下狠心来对付小民，那么，想靠谁来振作军威呢？军威不振而打胜仗，只是一种侥幸。依靠侥幸成功来治理国家，一定会有内忧。况且只有圣人才能做到既无外患，又无内忧，如果不是圣人，必然只有偏于一头才行。如果偏失的一头在国外，那还可以补救，如果毛病在国内发生，那就难于应付了。我们何不姑且撇开楚国和郑国，把他们作为外患呢？"

二十九日（阴历月终），楚军在清早逼近晋军且摆开阵势。晋国的军吏担心这种情况。范匄快步向前，说："填井平灶，就在军营摆开阵势，把行列间的距离放宽。晋、楚两国都是上天的赐予，有什么可担心的？"范文子拿起戈来驱逐他，说："国家的存亡，这是天意，小孩子知道什么？"栾书说："楚军轻佻，加固营垒等待他们，三天一定退军。乘他们退走而加以追击，一定可以得胜。"郤至说："楚国有六个空子，我们不可失掉时机：楚国的两个卿不和；楚共王的亲兵们从旧家中选拔，都已衰老；郑国虽然摆开阵势却不整齐；蛮人虽有军队却没有阵容；楚军摆阵不避讳月底；士兵在阵中喧闹，各阵式相联合后就更加喧闹，各军彼此观望依赖，没有战斗意志。旧家子弟的士兵不一定是强兵，所以这些都触犯了天意和兵家大忌。我们一定能战胜他们。"

栾武子没有采纳范文子的意见，与楚国在鄢陵交战，并大获全胜。在鄢陵打败楚军之后，晋军要吃楚军屯积的军粮，这时范文子站在大队兵马前面说："我们的国君年幼，各位大臣又都没才干，我们凭什么得到这一战果呢？我听说《周书》上有句话说：'天意并不特别亲近哪一个人，只授福给有德的人。'我怎么知道这是上天授福给晋国并且以此来勉励楚国呢？国君和各位将士应当警惕啊！德是福的基础，没有德而享的福太多，就好像地基没有打好，却在上面筑起了高墙，不知道哪一天它就倒塌了。"

鄢陵之战的胜利，使晋厉公更加夸耀自己的智慧和武功，疏忽教化且加重赋税，增加宠臣的俸禄，杀了三郤并陈尸于朝，收取了他们的妻妾，将财宝分给爱妻。这样国人都不满他的所作所为，后来，厉公到匠骊氏家游玩，而被栾书、中行偃所杀。晋厉公死后，被人用一辆小车拉走，葬在翼地的东门外边。

公元前 574 年，从鄢陵归国后的范文子看到了当前晋国六卿内部的争斗，他预想到自己的宗族会因此受到打压，于是他让主持祭祀的祈祷者祈求自己早点死去，说："国君骄横奢侈而又战胜敌人，这是上天增加他的毛病，祸难将要起来了。爱我的人只有诅咒我，让我快点死去，不要及于祸难，这就是范氏的福气。"六月初九，范文子去世。

二、士匄

士匄是范武子的幼子（范武子生三子，分别为士燮、士雁和士匄），采邑于范，便以范为氏，又称范匄，死后谥"恭"，史称范恭子。

鄢陵之战后，中军将栾书、中军佐中行偃派程滑杀死晋厉公，并派遣士匄和荀罃到京师迎立年仅十四岁的周子为国君。周子说："我从未梦想着自己有一天能做到国君的位置，但我却达到了这一步，难道不是上天的意志吗？然而国君的任务是发布命令，但他发布了命令却又无人听从，还哪里用得着国君？"大夫们回答说："这是下臣们的愿望，岂敢不唯命是从？"于是周子顺利即位，即为晋悼公。

登基之后的晋悼公开始任命百官，赐舍财物而免除百姓对国家的欠债，施恩惠给鳏夫寡妇，起用被废黜和长居下位的好人，救济贫困，援救灾难，禁止邪恶，少征赋税，宽恕罪过，节约器用，在农闲时使用农民，不侵占农时。任命魏相、士鲂、魏颉、赵武做卿时，晋悼公夸赞魏氏、士氏说：
"在邲之战中，吕锜在上军辅佐智庄子，俘获了楚国公子谷
臣与连尹襄老，才使子羽免难归国。在鄢陵之战中，吕锜亲
自射中了楚恭王的眼睛，打败了楚军，安定了晋国，而他的
后代魏氏族人却没有当大官的，他的子孙不能不提拔。在以
前战胜潞国的战役中，秦国曾图谋打败晋国，魏颗亲自在辅
氏击退了秦军，俘虏了杜回，他的功勋铭刻在景公钟上。直
到今天后代还没得到举荐，他的儿子不能不起用。士鲂是范
武子的小儿子，范文子的同母兄弟。范武子申明法令，安定
了晋国，直到今天还在用他的法令。范文子劳苦身子，平定
了诸侯，直到今天还仰赖他的功劳。这两个人的功德，难道
可以忘记吗？"之后又任命荀家、荀会、栾黡、韩无忌做公
族大夫，让他们教育卿的子弟恭敬、节俭、孝顺、友爱。派
士渥浊做太傅，让他学习范武子的法度。右行辛做司空，让
他学习士芳的法度。弁纠驾驭战车，校正官属他管辖，让他
教育御者们明白道理。荀宾作为车右，司士官属他管辖，让
他教育勇士们待时选用。卿没有固定的御者，设立军尉兼管
这些事。祁奚做中军尉，羊舌职辅佐他。魏绛做司马，张老
做侦察长，铎遏寇做上军尉，籍偃为他做司马，让他教育步
兵车兵，一致听从命令。程郑做乘马御，六驺属他管辖，让
他教育他们明白礼仪。凡是各部门的长官，都是百姓赞扬的

人。举拔的人不失职，做官的人不改变常规，爵位不超过德行，师不欺凌正，旅不逼迫师，百姓没有指责的话语。因此晋悼公得以再次称霸于诸侯。

十一月，楚国的子重救援彭城，进攻宋国。宋国的华元去到晋国告急。这时韩献子执政，说："想要得到别人的拥护，一定要先为他付出勤劳。成就霸业，安定疆土，从宋国开始了。"晋悼公领兵驻扎在台谷以救宋国。在靡角之谷和楚军相遇，楚军退走回国。

士鲂前去鲁国请求出兵。鲁国的季文子向臧武仲问出兵的数字，他回答说："攻打郑国那次战役，是智伯来请求出兵的，他是下军的辅佐。现在士鲂也辅佐下军，所出兵数，像攻打郑国时一样就可以了。事奉大国，不要违背使者的爵位次序而要更加恭敬，这是合于礼的。"

公元前570年，晋悼公的弟弟扬干在曲梁扰乱军队的行列，魏绛杀了他的驾车人。晋悼公发怒，对羊舌赤说："会合诸侯，是以此为光荣。扬干受到侮辱，还有什么侮辱比这更大吗？马上杀掉魏绛。"羊舌赤劝阻说："魏绛一心为公，事奉国君不避危难，有了罪过不逃避惩罚，他一定会来向国君解释原因，何必劳动君王发布命令呢？"话刚说完，魏绛来了，把递交给国君的上书交给仆人，准备抽剑自杀。士鲂、张老劝阻了他。晋悼公让人读他的上书："以前君王缺乏使唤的人，让下臣担任司马的职务。下臣听说军队里的人服从军纪叫作武，在军队里做事宁死也不触犯军纪叫作敬。君王会合诸侯，下臣岂敢不执行军纪军法？君王的军队不武，办事的人不敬，没有比这再大的罪过了。下臣畏惧触犯死罪，所以连累到扬干，罪责无可逃避。下臣不能够事先教导全军，以至于动用了斧钺，下臣的罪过很重，岂敢不服从惩罚来激怒君王呢？请求回去死在司寇那里。"晋悼公光着脚赶紧走出来，说："寡人的话，是出于对兄弟的爱；大夫杀扬干，是按军法从事。寡人有弟弟，却没有教导他，让他触犯了军令，这是寡人的过错。您不要加重寡人的过错，谨以此作为请求。"晋悼公认为魏绛能够用刑罚来治理百姓，便在太庙设宴招待魏绛，派他为新军副帅。张老做中军司马，士鲂做了侦察长。

公元前 564 年，秦景公派遣士雃向楚国请求出兵，准备进攻晋国，楚共王答应了。子囊劝阻楚王说："不行。目前我们不能和晋国争夺。晋国国君按人的能力之大小而使用他们，举拔人才不失去能胜任的人，任命官员不改变原则。他的卿把职位让给善人，他的大夫不失职守，他的士努力教育百姓，他的庶人致力于农事，商贾技工和贱役不想改变职业。韩厥告老退休，知罃继承他而执政。范匄比中行偃年轻而在中行偃之上，让他辅佐中军。韩起比栾黡年轻，而栾黡使他在自己之上，让他辅佐上军。魏绛的功劳很多，却认为赵武贤能而甘愿做他的辅佐。国君明察，臣下忠诚，上面谦让，下面尽力。在这个时候，晋国不能抵挡，事奉他们才行。君王还是考虑一下！"楚共王说："我已经答应他们了，虽然比不上晋国，一定要出兵。"秋季，楚共王驻军在武城，以作为秦国的后援，秦国人侵袭晋国。此时晋国正遭受饥荒，未能做出反击。

待到冬季，晋军为了报复楚国，率领诸侯联军进攻郑国。鲁国的季武子、齐国的崔杼、宋国的皇郧跟随荀罃、士匄进攻鄟门。卫国的北宫括、曹国人、邾国人跟随荀偃、韩起进攻师之梁门，滕国人、薛国人跟随栾黡、士鲂进攻北门，杞国人、郳国人跟随赵武、魏绛砍伐路边的栗树。待军队驻扎在汜水边上，于是传令诸侯说："修理作战工具，备好干粮，送回老的小的，让有病的人住在虎牢，赦免错误，包围郑国。"郑国人害怕，就派人求和。荀偃说："对郑国实际包围，以等待楚国人救援和他们作战。不这样，就没有真正的讲和。"知罃说："答应他们结盟然后退兵，用这样的办法引诱楚国人进攻郑国，使楚国人疲劳。我们把四军分为三部分，加上诸侯的精锐部队，以迎击前来的军队，对我们来说并不困乏，而楚军就不能持久了。这样，还是比打仗好。暴露白骨以图一时之快，不能用这样的办法和敌人争胜。很大的疲劳还没有停止，君子用智，小人用力，这是先王的训示。"
诸侯都不想打仗，于是就允许郑国讲和。

公元前 563 年，诸侯的军队在虎牢筑城并且戍守，晋国
军队在梧地和制地筑城，士鲂、魏绛戍守。公元前 562 年，
秦国庶长鲍、庶长武领兵进攻晋国来救援郑国。鲍先进入晋
国国境，士鲂帅兵抵御，认为秦军人少而产生轻敌情绪，不
加防备。从而也导致秦军和晋军在栎地作战时晋军大败。

第二年夏季，士鲂来鲁国聘问，同时拜谢鲁国出兵。

公元前 560 年，士鲂去世。因士鲂去世时，儿子尚小，
这一支便失去了卿位。

三、范宣子（士匄）

范宣子士匄，士燮之子，晋国中军将，春秋时期优秀的
政治家，法家的先驱。范宣子在任时剪除栾氏，使得十一家
六卿世家仅剩韩氏、赵氏、魏氏、智氏、范氏、中行氏六家，
后来晋国六卿又特指此六大家族。他制定的"范宣子刑书"
被称为中国历史上最早的明文法规。

关于范宣子的外交，《左传》颇费笔墨。

公元前 573 年，晋悼公即位。鲁成公专门去到晋国，为

的是拜贺新任的晋国国君。鲁成公返回后，基于《周礼》的规则和出于答谢的目的，晋国派遣范宣子聘问鲁国。

公元前 570 年，郑国顺服于晋国，同时晋国积极寻求与吴国修好。为了劝说齐国与晋结盟，晋国派士匄出使齐国，劝说齐灵公。士匄在齐说："我国君派我前来，是由于近年来各国之间纷扰不断，经常发生意外的事情而又无法戒备，我国君愿意和几位兄弟国相见，来商讨解决彼此的不和睦。请齐君光临。"齐灵公本不想答应，但又不好表现出不和睦，因此答应在耏水之外结盟。

公元前 565 年，晋国范宣子第二次来鲁国聘问，同时拜谢鲁襄公的朝见，报告将出兵郑国。襄公设享礼招待他，范宣子赋《摽有梅》这首诗：

> 摽有梅，其实七兮。求我庶士，迨其吉兮。
> 摽有梅，其实三兮。求我庶士，迨其今兮。
> 摽有梅，顷筐塈之。求我庶士，迨其谓之。

诗中写道：梅子落地纷纷，树上还留七成。有心求我的小伙子，请不要耽误良辰。梅子落地纷纷，枝头只剩三成。有心求我的小伙子，到今儿切莫再等。梅子纷纷落地，收拾要用簸箕。有心求我的小伙子，快开口莫再迟疑。

季武子说："谁敢不及时啊！现在用草木来比喻，我国君之于你君王，不过是作为草木散发出来的气味而已。高高兴兴地接受命令，有什么时间早晚?"季武子赋《角弓》这首诗：

> 骍骍角弓，翩其反矣。兄弟昏姻，无胥远矣。
> 尔之远矣，民胥然矣。尔之教矣，民胥效矣。
> 此令兄弟，绰绰有裕。不令兄弟，交相为瘉。
> 民之无良，相怨一方。受爵不让，至于己斯亡！
> 老马反为驹，不顾其后：如食宜饫，如酌孔取。
> 毋教猱升木，如涂涂附。君子有徽猷，小人与属。
> 雨雪瀌瀌，见晛曰消。莫肯下遗，式居娄骄。
> 雨雪浮浮，见晛曰流。如蛮如髦，我是用忧！

诗中写道：角弓精心调整好，弦弛便向反面转。兄弟婚姻一家人，不要相互太疏远。你和兄弟太疏远，百姓都会跟着干。你是这样去教导，百姓都会跟着跑。彼此和睦亲兄弟，感情深厚少怨怒。彼此不和亲兄弟，相互残害全不顾。有些人心不善良，相互怨恨另一方。接受爵禄不谦让，轮到自己道理忘！老马当作马驹使，不念后果会如何：如给饭吃要吃饱，酌酒最好量适合。不教猴子会爬树，好比泥上沾泥土。

君子如果有美德，小人自然来依附。雪花落下满天飘，一见阳光全融消。小人不肯示谦恭，反而屡屡要骄傲。雪花落下飘悠悠，一见阳光化水流。小人无礼貌粗野，我心因此多烦忧！

客人将要退出，季武子赋《彤弓》这首诗：

> 彤弓弨兮，受言藏之！我有嘉宾，中心贶之。钟鼓既设，一朝飨之。
>
> 彤弓弨兮，受言载之！我有嘉宾，中心喜之。钟鼓既设，一朝右之。
>
> 彤弓弨兮，受言櫜之！我有嘉宾，中心好之。钟鼓既设，一朝酬之。

诗中写道：红漆雕弓弦松弛，赐予功臣庙中藏！我有这些好宾客，赞美他们在心上。钟鼓乐器陈列好，终朝敬酒情意长。红漆雕弓弦松弛，赐予功臣家中收！我有这些好宾客，喜欢他们在心头。钟鼓乐器陈列好，终朝劝酒情意厚。红漆雕弓弦松弛，赐予功臣插袋里！我有这些好宾客，赏爱他们在心底。钟鼓乐器陈列好，终朝酬酒情意密。

范宣子说："城濮这一战，我们的先君文公在衡雍奉献战功，在襄王那里接受了红色的弓，作为子孙的宝藏。匄是先君官员的后代，岂敢不接受您的命令？"

公元前 563 年，王叔陈生和伯舆争夺政权，周灵王支持
了伯舆。王叔陈生发怒而逃亡到黄河岸边。周灵王后来让王
叔陈生官复原位，但王叔陈生不想回去，就住在黄河边上。
于是晋悼公派士匄调和王室的争端，王叔陈生和伯舆提出争
讼。王叔的家臣头子和伯舆的大夫瑕禽在周天子的朝廷上争
论是非，士匄听取他们的诉讼。王叔的家臣头子说："柴门
小户的人都要凌驾于他上面的人，上面的人就很难处了。"
瑕禽说："从前平王东迁，我们七姓人家跟随周天子，牺牲
全都具备，天子信赖他们，而赐给他们用赤牛祭神的盟约，
说：'世世代代不要失职。'如果是柴门小户，他们能够来到
东方而住下来吗？而且天子又怎么信赖他们呢？现在自从王
叔把持周政权，政事用贿赂来完成，而把执行法律的责任放
在宠臣身上。官员中的师和旅，阔气得没有办法，这样，我
们能够不是柴门小户吗？请大国考虑一下！下面的人就不能
有理，那么什么叫作公正呢？"士匄说："天子所赞助的，寡
君也赞助他；天子所不赞助的，寡君也不赞助他。"就让王
叔和伯舆对证讼辞，王叔拿不出他的文件来。于是王叔逃亡
到晋国。

晋文公时设置三军，形成了晋国的六卿格局。前期晋国
六卿由狐氏、先氏、郤氏、胥氏、栾氏、范氏、中行氏、智

氏、韩氏、赵氏、魏氏等十一个世族所把持。六卿长逝次补，轮流执政。此后，狐氏、先氏、郤氏、胥氏先后被灭，至范宣子执掌中军佐，只剩栾氏、范氏、中行氏、智氏、韩氏、赵氏、魏氏等七个家族。

栾桓子栾黡的妻子是范宣子的女儿，名作栾祁。栾祁生有一子名叫栾盈。公元前 559 年，晋、齐、卫、宋、郑、鲁、曹等十三国攻秦，因范鞅与栾针攻入秦营作战，栾针战死，其兄栾黡因此对范鞅怀恨在心，而使范鞅逃亡秦国。后来范鞅得以回国，出于对栾氏的怨恨，即便与自己的亲外甥栾盈在晋国朝堂一起做公族大夫，也不能和睦相处。栾桓子死后，栾祁和他的家臣头子州宾私通，州宾几乎侵占了全部家产。栾盈担心这件事。栾祁害怕儿子栾盈讨伐州宾，便向范宣子毁谤说："盈将要发动叛乱，认为范氏弄死了桓子且在晋国专权，还说：'我的父亲赶走范鞅，范鞅回国，不对他表示愤怒反而用宠信来报答他，又和我担任同样的官职，而使他得以独断专权。我的父亲死后范氏更加富有。弄死我父亲而在国内专政，我只有死路一条，也不能跟从他了。'他的计划就是这样，我怕会伤害您，不敢不说。"范鞅为她做证。栾盈平素喜好施舍，门下养了不少士人。范宣子害怕他人多，便以栾祁的话作为借口，派栾盈在着地筑城并且由此赶走了他。

栾盈因此逃亡到楚国，栾氏亲族知起、中行喜、州绰、邢蒯逃亡到齐国。大夫乐王鲋对范宣子说："为什么不让州绰、邢蒯回来？他们是勇士啊。"范宣子说："他们是栾氏的勇士，我能得到什么？"乐王鲋说："您如果做他们的栾氏，那就是您的勇士了。"

晋国六卿中，只有魏氏与栾氏交好，公元前550年四月，栾盈率领曲沃的甲兵，仰仗着魏献子，在白天进入绛地。乐王鲋陪侍在范宣子旁边。有人报告说："栾氏回来了。"范宣子恐惧。乐王鲋说："事奉国君逃到固宫（晋襄公的别宫），一定没有危害。而栾氏树敌颇多，您又在主持国政，栾氏从外边来的，您处在掌权的地位，这种条件对您是有利的。既然有利有权，又掌握着对百姓的赏罚，还害怕什么？栾氏所得到的，不就仅仅魏氏吗?! 而且魏氏是可以用强力争取过来的。平定叛乱在于有权力，请您不要懈怠！"

适逢晋平公有亲戚的丧事，乐王鲋便让范宣子穿着黑色的丧服，和两个女人坐上车去到晋平公那里，陪侍晋平公去到固宫。另一方面，让范鞅去迎接拉拢魏献子。魏献子的军队已经排成行列、登上战车，正准备去迎接栾氏。范鞅快步走近，说："栾氏率领叛乱分子进入国都，鞅的父亲和几位大夫都在国君那里，派鞅来迎接您，鞅请求在车上作为骖乘。"说完拉着带子，就跳上魏献子的战车。范鞅右手摸着剑，左手拉着带子，下令驱车离开行列。驾车的人问到哪里去，范鞅说："到国君那里。"范宣子在阶前迎接魏献子，拉着他的手，答应把曲沃送给他。

范氏的手下在公台的后面，栾氏登上宫门。范鞅用剑带领步兵迎战，栾氏败退，栾乐战死，栾鲂受伤，栾盈逃到曲沃，并被包围。

至此，晋国六卿十一卿族，五族被灭，仅剩范氏、中行氏、智氏、韩氏、赵氏、魏氏六个家族。后来晋国六卿又特指此六大家族。

在范宣子做晋国正卿之时，曾与和大夫因为田地的边界争讼很久却没有解决。范宣子想攻打这位和大夫，便去询问伯华（羊舌职）。伯华说："对外有军事行动，对内有政事。我是管对外军事行动的，不敢侵犯职权干涉内政。您如果有心对外用兵，可以把我召来询问。"问到孙林甫，孙林甫说："我是客居晋国的人，是事奉您的，只等待着为您做事。"问到张老，张老说："我从军事上辅佐您，不是军事问题，就不是我所知道的了。"问到祁奚，祁奚说："公族中有不恭敬的事，公室中有不公正的事，朝廷里的事不正当，大夫们贪得无厌，这是我的罪过。如果作为国君的官而给您办私事，那么恐怕您表面上应承我，而内心却要憎恨我。"问到籍偃，籍偃说："我是为张老执掌刑法的，每天都听他的命令，如果是他的命令，那还有什么二话可说的？丢开张老的命令而擅自行动，那也就违反了您的命令。"问到叔鱼，叔鱼说："等我替你杀了他。"

叔向听说这件事后，去见范宣子说："我听说您与和大夫的事没有平息，您问遍了大夫们，仍没有一个解决办法，何不去询访訾祏。訾祏正直而且知识渊博，正直就能公正地分辨是非，知识渊博就能上下进行比较，而且他又是您的老家臣。我听说国家发生大事，一定要遵循常规办事，还要咨询年老的长者，然后才能行动。"司马侯来拜见范宣子，说："我听说您对和大夫很恼怒，我不相信有这回事。诸侯们对晋国有二心，您不忧虑这个，反而恼怒和大夫，这不是您应该做的。"祁午来拜见，说："晋国是诸侯的盟主，您是正卿，如果能够平定端正诸侯，使他们归顺听从晋国的命令，那晋国还有谁不听从您，何况是和大夫呢？何不同他亲密和好，用大德来平息小怨呢！"

范宣子问到訾祏，訾祏回答说："从前隰叔子躲避周难到了晋国，生下子舆当了法官，整肃朝政，朝廷没有奸佞的官员；当了司空，治理国家，国家没有败坏的功业。传到范武子，辅佐文公、襄公称霸诸侯，诸侯没有二心。等做了卿，辅佐成公、景公，军队中没有败坏的政事。及至做了景公的军师，官居太傅，端正刑法，汇编训导的法规，国中没有奸刁的百姓，后人可以遵从效法，因此受封随、范二邑。到范文子时，完成了晋、楚的会盟，加深了兄弟国家间的友谊，使各国之间没有嫌隙，因此受封郇、栎二邑。现在您继承了职位，在朝中没有奸诈的行为，国内没有邪恶的百姓，此时四方没有灾害，又没有外患内忧，仰赖着三位先辈的功劳享受禄位。如今国家太平无事，您却怨恨和大夫，如果此时君王加宠于您，您将怎样治理国事呢?"宣子听了很高兴，顿觉释然，于是就多给和大夫田地，并与他修好。

后来，在訾祏死后，范宣子颇为伤心。他唤来儿子范献子并勉励他说："范鞅呀，以前我有訾祏作为谋臣，我早晚都要询问他来辅佐晋国，同时也为了自己的家族。如今我看你，独自不能办事，要商量又没有人，你打算怎么办?"范献子说："我呀，平时处事要恭恭敬敬，不敢草率，贪图安逸，认真学习而喜爱仁义，和洽搞好政事而遵循正道，有事和大家商量，而不是以此求得好感，自己的想法虽然好，但不敢自以为是，一定要听从长者的意见。"范宣子说："这样可以免遭祸害了。"

为维持统治，公元前550年，范宣子在晋国以往法典的基础上，制定了一部刑书，即"范宣子刑书"，这是我国第一部从国家总法中分离出来的刑事法规。但一开始该刑书只流行在王室贵族与卿大夫朝臣之间，并未公布于众。后来，晋国的国情发展到"戎马不驾，卿无军行，公乘无人，卒列无长。庶民罢敝，而公室滋侈。道殣相望，而女富溢尤。民闻公命，如逃寇仇"的地步。公元前 513 年，"范宣子刑书"被公布于众。《左传·昭公二十九年》记载说："冬，晋赵鞅、荀寅帅师城汝滨，遂赋晋国一鼓铁，以铸刑鼎，著范宣子所为刑书焉。"公元前 513 年冬季，晋国的赵鞅、荀寅带兵在汝水岸边筑城，于是向晋国的百姓征收了四百八十斤铁，用来铸造刑鼎，在鼎上铸范宣子所制定的刑书。此时范宣子已经离世三十多年的时间。

但这部刑书引起了社会各界的不满，尤其是孔夫子在看到"范宣子刑书"后，有强烈的愤慨。但刑书的问世，对于国家和国君而言，确实起到了良好的作用，也为后世法家思想指明了方向。

四、范献子（士鞅）

范献子士鞅是士匄之子，范武子的曾孙，春秋后期晋国卓越的政治家。范献子在晋国六卿中，从下军将做到中军将，并使范氏一族在晋国的地位达到了顶峰，跃居晋国第一大卿族。但由于自己的冒进，使得自己在去世后不久，范氏一族便在六卿相互杀伐中败落。

公元前 559 年，范献子从迁延之役开始进入历史舞台。公元前 559 年，为了报复栎地一役，晋悼公率领诸侯联军进攻秦国。此时晋国六卿分别为：中军将荀偃，中军佐士匄；上军将赵武，上军佐韩起；下军将栾黡，下军佐魏绛。晋悼公让六卿率领诸侯联军，并到达泾水，军队便渡过泾水驻扎下来。秦国人在泾水上游放置毒物，诸侯的军队死了很多人，中军将荀偃下令全军撤退。栾黡的弟弟栾针说："这次战役，是为了报复栎地的战败。作战又没有功劳，这是晋国的耻辱。我兄弟俩在兵车上，哪能不感到耻辱呢？"说着便和士鞅冲入秦军中间。但栾针战死，士鞅独自逃了回来。栾黡气愤地对士匄说："我的兄弟不想前去，你的儿子叫他去。我的兄弟战死，你的儿子回来，这等于是你的儿子杀了我的兄弟。如果不赶走他，我便要杀死他。"于是士鞅逃亡到秦国。这也是栾、范交恶的缘由。

士鞅逃到秦国，秦景公问士鞅："晋国的大夫谁先灭亡？"士鞅回答说："恐怕是栾氏吧！"秦景公说："由于他的骄横吗？"士鞅回答说："对。栾黡太骄横了，而他却免于祸难，祸难恐怕要落在他儿子栾盈的身上吧！"秦景公说："为什么？"士鞅回答说："其祖上栾武子的恩德留在百姓中间，好像周朝人思念召公，就爱护他的甘棠树，更爱护他的儿子。

栾黡死了，栾盈对别人没有什么恩德，而栾武子所施舍的又逐渐消耗殆尽，人们对栾黡的怨恨已经很明显了，所以栾氏灭亡将会落在栾盈身上。"秦景公认为这是有见识的话，就为士鞅向晋国请求而恢复了他的职位。

回国后，士鞅与父亲士匄一起，剪除栾氏，晋国六卿仅剩六个姓氏宗族。也就在这期间，东方的鲁国诞生了一位万世师表的圣人——孔夫子。

公元前548年，范宣子士匄去世，士鞅继承士匄的六卿之位，为下军将。

公元前537年，此时的鲁国君权被卿大夫侵蚀严重，鲁昭公的权力被以季氏为首的三桓瓜分殆尽，于是他便朝见晋国，期望能为自己的君权争取一些支持。然而弱国无外交，晋国未能以周礼对待鲁昭公，而是想要扣留他。范献子说："不行。别人来朝见却囚禁人家，这就如同引诱。讨伐他不想用武力，而用引诱来取得成功，这是怠惰。做盟主的犯了这两条，恐怕不行吧！请让他回去，等有机会时再用武力去讨伐他。"于是鲁昭公朝见晋国以失败告终。

公元前535年，卫襄公去世了。此时晋国中军将是韩宣子，范献子便对韩宣子说："卫国事奉晋国恭敬亲近，晋国不加礼遇，包庇它的叛乱者而占取它的土地，所以诸侯有了二心。《诗》说：'死丧是那么可怕，兄弟要互相怀念。'兄弟不和睦，因此不相亲善，何况远方的人们，谁敢前来归服？现在又对卫国的继位之君不加礼遇，卫国必然背叛我们，这种做法是和诸侯绝交。"韩宣子很高兴，便派范献子去卫国吊唁，同时归还戚地的土田给卫国。

公元前514年，中军将韩宣子去世，魏献子得以执掌中军，士鞅辅佐。晋国六卿极力排除六氏之外的宗族，以扩大自己的势力范围。此时占有大量封邑的祁氏、羊舌氏，也渐渐成为六卿家族觊觎的目标。荡除这两家氏族后，正卿魏献子将祁氏之地划为七县，羊舌氏之地划为三县，共计十县，智、韩、赵、魏各得一县，其余并入公室，而范氏与中行氏却一无所获。为此士鞅便与魏献子结下仇恨。

公元前510年，周天子敬王派富辛和石张到晋国去，请求增筑成周的城墙。天子说："上天给周朝降下灾祸，使我的兄弟们生离乱之心，以此成为伯父的忧虑。我几个亲近的甥舅之国也不得休息，到现在已经十年。诸侯派兵来戍守也已经五年。我本人没有一天忘记这个，忧心忡忡地好像农夫在盼望丰收一样，提心吊胆等待收割的时候到来。伯父如果施放大恩，重建文侯、文公的功业，缓解周室的忧患，向文王、武王求取福佑，以巩固盟主的地位，宣扬美名，这就是我本人很大的愿望了。从前成王会合诸侯在成周筑城，以作为东都，尊崇文治。现在我想要向成王求取福佑，增修成周的城墙，使戍守的兵士不再辛劳，诸侯得以安宁，把坏人放逐到远方，这都是晋国的力量。谨将这件事委托给伯父，让伯父重新考虑，以使我本人不至于在百姓中招致怨恨，而伯父有了光荣的功绩，先王会酬谢伯父的。"

范献子对魏献子说："与其在成周戍守，不如增筑那里的城墙。天子已经说了话，即使以后有事，晋国可以不参加。服从天子的命令，使诸侯缓一口气，晋国就没有忧患了。不致力于做这件事，又去从事什么？"魏献子说："好。"派伯音回答说："天子有命令，岂敢不承奉而奔走报告诸侯，工作的进度和工程量的分配，听周天子的命令。"

公元前 509 年春季，魏献子主持与诸侯的大夫在狄泉会合，准备增筑成周城墙。卫国的彪傒说："准备为天子筑城，而超越自己的地位来命令诸侯，这是不合乎道义的。重大的事情违背道义，必然有大灾祸，晋国要不失去诸侯，魏子恐怕不能免于灾祸吧！"魏献子把事情交给韩简子和原寿过，自己跑到大陆泽去打猎，放火烧荒。但回来后，便死在宁地。

魏献子死后，范献子士鞅顺理得以升为正卿。基于惩罚魏献子狩猎焚荒的错误，也是为了释放曾经的交恶，他下令抽调魏献子棺材中的柏木，以此来表达曾经的不满。

士鞅从掌管下军到执掌中军，他在晋国政坛核心地位历经近半个世纪的时间。尤其在做到正卿后的七年中，范氏在晋国的势力进一步扩大，使范氏宗族在晋国达到顶峰。但也埋下了灾难的种子。《左传》中记载的关于范献子贪财好礼的事迹，被世人所诟病。如《左传·昭公二十三年》："范献子求货于叔孙，使请冠焉。"也正是由于他的一些过失，才导致范氏一族在他去世后很快被驱离，也致使晋国中原霸主地位的崩塌。

而关于范献子的勤奋好学，《国语·晋语九》中有"范献子戒人不可以不学"一文：

> 范献子聘于鲁，问具山、敖山，鲁人以其乡对。献子曰："不为具、敖乎？"对曰："先君献、武之讳也。"献子归，遍戒其所知曰："人不可以不学。吾适鲁而名其二讳，为笑焉，唯不学也。人之有学也，犹木之有枝叶也。木有枝叶，犹庇荫人，而况君子之学乎？"

范献子去鲁国问候致意，询问鲁国人具山、敖山的情况，鲁国人用两座山的乡名来回答了他。范献子问道："怎么不称作具、敖呢？"鲁国人回答说："这是我们鲁国先君献公、武公的名讳。"范献子回到晋国，普遍告诫他身边所相识的人说："人啊，不可以不学习的。我到鲁国去却叫喊他们的两个名讳，被他们取笑了，这就是不学习的缘故。人们学习，就如同树木拥有枝叶。树有枝叶，还可以给人庇护遮阴，更何况君子的学习呢?"

这便是"人之有学也，犹木之有枝叶也"这句话的出处。

五、范昭子（士吉射）

西汉文学家刘向在《古列女传》中收录作品《晋范氏母》，文章写道：

晋范氏母者，范献子之妻也。其三子游于赵氏。赵简子乘马园中，园中多株，问三子曰："奈何?"长者曰："明君不问不为，乱君不问而为。"中者曰："爱马足则无爱民力，爱民力则无爱马足。"少者曰："可以三德使民。设令伐株于山将有马为也，已而开围示之株。夫山远而围近，是民一悦矣。夫险阻之山而伐平地之株，民二悦矣。既毕而贱卖民，三悦矣。"简子从之，民果三悦。少子伐其谋，归以告母。母喟然叹曰："终灭范氏者必是子也。夫伐功施劳，鲜能布仁。乘伪行诈，莫能久长。"其后智伯灭范氏。君子谓范氏母为知难本。

诗曰："无念尔祖，式救尔讹。"此之谓也。

颂曰：范氏之母，贵德尚信，小子三德，以谏与民，知其必灭，鲜能布仁，后果遭祸，身死国分。

文章写道，晋国有位姓范的母亲，是范献子士鞅的妻子。她的三个儿子与赵氏一起游玩。赵简子赵鞅在花园里骑马，花园里有很多树阻碍马行进，他问那三个儿子："怎么办?"大儿子说："贤明的君主不经过讨论的事情，便不会去做，昏乱的国君不经过讨论，什么事情都敢做。"二儿子说："爱惜马脚就无力顾及民力，顾及民力就不会爱惜马脚。"小儿子说："可以用三德来役使老百姓，假如先砍伐了山上的树，便可以在这里养马，然后再开园看到树木，这时则山远而园圃近，这便能让老百姓高兴一次。然后再平掉险阻的山，砍伐平地上的树，老百姓便会高兴第二次。砍伐之后，再贱卖老百姓，他们便会高兴第三次。"赵简子听从了这个建议，果然让老百姓高兴了三次。这个最小的儿子为自己的计谋而感到高兴，回家后把这件事情告诉了母亲。他的母亲听完后，十分感叹地说："最后让范氏灭亡的人，一定是这个儿子。好大喜功而让百姓劳苦，一定不会去施行仁义，凭借虚伪而喜欢欺诈，一定不会太久长。"后来，智伯氏果然消灭了范氏。君子说范氏之母知道灾难的本源。《诗经》中说："无念尔祖，式救尔讹。"说的就是这个。

文中提到的小儿子便是士吉射，他是春秋时期范氏在晋国的最后一代宗主。公元前 501 年，范献子士鞅逝世，士吉射继父之位为范氏之主，在六卿中做下军佐。因他与中行寅发动范氏中行氏之乱，最终使范氏和中行氏被迫逃奔，范氏自此远离了晋国政坛。

公元前 497 年，赵鞅向邯郸大夫赵午（邯郸午）索要卫国进贡的五百户士民，并打算把这五百户安置到晋阳。赵午允诺，回去告诉父老兄长，但父老兄长不答应："不行。卫国是用这五百家来帮助邯郸的，要安置在晋阳，这就是断绝和卫国的友好之路。不如用侵袭齐国的办法来解决。"于是赵午违背了诺言。赵鞅发怒，下令逮捕了赵午，把他囚禁在晋阳。赵鞅让邯郸午的随从解除佩剑再进来，但是邯郸午的家臣涉宾不同意。赵鞅就派人告诉邯郸人说："我私自对午进行惩罚，您几位可以按自己的愿望立继承人。"就杀了邯郸午。赵午之子赵稷和涉宾凭借邯郸反叛。晋定公派上军司马籍秦包围邯郸。

邯郸午是荀寅（中行寅）的外甥；荀寅是范吉射的儿女亲家，彼此和睦，所以没有参与包围邯郸，而是准备发动叛乱。董安于听到了消息，报告赵鞅，并劝说赵鞅早做准备。赵鞅说："晋国有一条法令，开始发动祸乱的人要被处死。

我们后发制人就行了。"董安于说:"与其危害百姓,我宁可一个人去死。请用我作为解释。"赵鞅不答应。秋季七月,范氏、中行氏进攻赵氏的宫室,赵鞅逃亡到晋阳,晋国人包围晋阳。

赵氏内部发生叛乱的同时,范氏内部也有矛盾。族人范皋夷因不受范吉射的宠信,便想要在范氏族中发动叛乱。范吉射、荀寅的仇人魏襄等谋划驱逐荀寅,让梁婴父取代他;驱逐范吉射,让范皋夷取代他。荀跞对晋定公说:"君王命令大臣,开始发动祸乱的人处死,盟书沉在黄河里。现在三个大臣开始发动祸乱,而唯独驱逐赵鞅,处罚已经不公正了。请把他们都驱逐。"

十一月,荀跞、韩不信、魏曼多事奉晋定公而攻打范吉射、中行寅,未能取胜。范吉射和中行寅二人准备还击进攻晋定公。齐国的高强说:"久病成良医。只攻打国君是不行的,百姓是不赞成的。我正是因为攻打国君才待在这里了啊!三家不和睦,可以全部战胜他们。战胜他们,国君还去倚靠谁?如果先攻打国君,这是促使他们和睦。"两个人不听,于是就攻打晋定公。果然,国内的人们帮助晋定公,范氏、中行氏二人战败,便逃亡至朝歌。

另一方面,韩氏、魏氏替赵鞅求情。十二月辛未这天,赵鞅进入绛城,在定公宫中盟誓。第二年,智伯文子对赵鞅说："范氏、中行氏虽然发动了叛乱，但这是董安于挑起的。晋国有法，开始作乱的要处死。那两个人已经受到处治，唯独董安于还在。"赵鞅为此事忧虑。董安于说："我死了，赵氏可以安定，晋国也能安宁，我死得太晚了。"于是就自杀了。赵鞅把这件事告诉了智伯，此后赵氏才得安宁。

公元前494年，赵简子在朝歌包围了范吉射和中行寅，中行寅逃奔邯郸。第二年，卫灵公去世。赵简子和阳虎把卫太子蒯聩送到卫国，卫国不接纳，卫太子只好住到戚城。

公元前491年，赵简子攻入邯郸，中行寅逃到柏人。简子又包围了柏人，中行寅、范吉射于是又奔到齐国。赵氏终于占有了邯郸、柏人。范氏、中行氏其余的领地都归入晋国。

而此时的赵简子名义上为晋国上卿，实际上是独揽晋国政权，他的封地等同于诸侯。公元前482年，晋定公与吴王夫差在黄池的诸侯会盟上争做盟主，赵简子跟随晋定公，终于让吴王为盟主。晋定公在位三十七年去世，赵简子免除了守丧三年之礼。这一年（公元前473年），越王勾践灭了吴国。

晋定公死后，晋出公即位。公元前464年，智伯讨伐郑国。赵简子生病，派太子赵毋恤率兵包围郑国。智伯酒醉，并用酒强灌赵毋恤且殴打他。随从赵毋恤的群臣要求把智伯处死。赵毋恤说："主君之所以让我做太子，是因为我能忍辱。"但是他心里怨恨智伯。智伯回去后，就对赵简子讲了此事，让他废掉赵毋恤，赵简子没有采纳，而赵毋恤从此更加怨恨智伯。

公元前457年，赵简子去世，儿子赵毋恤即位，即赵襄子。襄子即位四年，即公元前454年，智伯和赵、韩、魏三家把范氏、中行氏原有的封地全都瓜分掉。晋出公大怒，通告齐国、鲁国，想依靠他们讨伐四卿。四卿害怕，于是一起攻打晋出公。晋出公逃奔齐国，半路上死去。智伯就让昭公的曾孙骄即位，这就是晋哀公。智伯越来越骄横。他要求韩、魏两家割让领地，韩、魏给了他。要求赵氏割地，赵氏不给，因为在包围郑国时智伯侮辱过他。智伯恼怒，就率领韩、魏两家进攻赵氏。赵襄子害怕，就逃奔到晋阳退守。

哀公的祖父雍，是晋昭公的小儿子，号戴子。戴子生下了忌。忌与智伯关系密切，但不幸早亡，所以智伯有独自吞并晋国的野心，但没敢动，才立了忌的儿子骄做晋君。当时，晋国的政务全部由智伯决定，晋哀公不能控制朝政。于是，智伯占有了范吉射、中行寅的领地，在六卿中最强大。

公元前453年，韩康子、赵襄子、魏桓子合谋杀死了智伯，全部吞并了他的土地。晋国六卿仅剩韩、赵、魏三氏，后面便发生了历史上著名的"三家分晋"。

范吉射有着父亲的雄心，但缺少父亲的大局观，未能把

握全局却又步步紧逼，终于让宗族一步步走向不归路。唐代
诗人权德舆读到范吉射、中行寅叛乱的这段历史时，写下诗
作《读穀梁传二首》，第一首诗说：

> 荀寅士吉射，诚乃蔽聪明。
>
> 奈何赵志父，专举晋阳兵。
>
> 下令汉七国，借此以为名。
>
> 吾嘉徙薪智，祸乱何由生。

从该诗可以看出诗人对于该段历史的惋叹！

后来吕不韦在《吕氏春秋》中，记载了范氏逃亡中的一
则故事：

> 范氏之亡也，百姓有得钟者，欲负而走，则钟大不
> 可负，以椎毁之，钟况然有音。恐人闻之而夺己也，遽
> 掩其耳。恶人闻之，可也；恶己自闻之，悖矣。

故事说：范氏逃亡的时候，有人趁机偷了一口钟，想要
背负着逃跑。然而钟太大，背不动，于是便用锤子把钟砸碎，
刚一砸，大钟就发出很大的响声。他怕别人听到而把钟夺走
了，于是急忙把自己的耳朵紧紧捂住。害怕别人听到钟的声

音，这是可以理解的；害怕自己听到钟声，这就太荒谬了。

这个就是我们熟悉的"掩耳盗铃"的故事。

范氏在晋国六卿之中，经过范武子、范文子、范宣子三代的接力，使得范氏在六卿中的地位不断提升，到范献子时，其声威、权势以及对于晋国的贡献已使其他家族望尘莫及。发生范吉射、中行寅事件之后，范氏再无机会卷土重来，范氏被驱逐出晋国，族人流散四方，部分族人回到封地范邑，并在此繁衍生息。

第五章　三代之让

儒家讲求"仁义礼智信、温良恭俭让"。范武子、范文子、范宣子三代贤人，虽是法家的先驱，更似儒家的翘楚。

《荀子·礼论》曰："故人苟生之为见，若者必死，苟利之为见，若者必害；苟怠惰偷懦之为安，若者必危；苟情说之为乐，若者必灭。"人如果只看到生而苟且求生，这样他必然会走向死路；人如果只看到利而见利忘义，那么他必然会深受其害；人如果只把懒惰懈怠当作安适，那么他必然陷入危难；人如果只把纵情任性当作安乐，那他必然会自取灭亡。范氏三代贤人，没有依据个人的利益去做事，因此没有招致更多的恩怨；范氏三代贤人，能用礼让的原则来治理国家，不怕没有官位，因为他们有功绩和才学能让自己"所以立"。

《博物志》中讲三让：一曰礼让，二曰固让，三曰终让。

即守礼谦让，再三谦让，始终谦让。上古时大禹治水有功，帝舜为了犒赏禹的功绩，打算让禹出任百揆之职（相当于丞相），而禹跪拜叩头，坚决辞让，并推荐稷、契和皋陶来担任。而最终帝舜让禹接受了职位。当年商汤放逐夏桀后回到亳都，礼约三千诸侯。汤取天子印玺，放于天子座位的左边。商汤退下后两拜行礼，然后坐到诸侯的位次上。商汤说："天子之位，有道之人可以坐。天下并非一家独有，而是有道之人共有。天下需要有道者治理它，有道者经纪它，有道者占有它。"汤多次推让，三千诸侯无人敢去即位，然后商汤才坐到天子的位置上。禹和汤之让，算得上是"礼让"。当年孔子曾说，分配酒肉，应该反复辞让，然后接受粗陋的一份；安排座次，应该再三辞让，坐在下方；朝廷的爵位，应该再三辞让，然后接受卑贱的爵位。孔子所言之让，算得上是"固让"。齐桓公时派遣管仲促成戎人和周襄王讲和，周天子以上卿之礼设宴款待，管仲坚决辞谢说："陪臣是低贱的官员。现在有天子所任命的国氏、高氏在那里，如果他们按春秋两季接受天子的命令，又用什么礼节来待他们呢？陪臣谨请辞谢。"在天子对管仲的反复推崇和管仲再三辞让之下，管仲最终还是接受下卿的礼节而回国。管仲之让，算得上是"终让"。因此，君子均能待人恭敬、克制自己，并以谦让的态度来表明自己的君子之气节。

世间有德高的君子，更有品卑的小人。君子懂得谦让，而小人惯于争斗。很多时候的互相谦让，都未必出自人之本性，而是事出有因。《文子》中曰："夫人有余则让，不足则争。让则礼义生，争则暴乱起。物多则欲省，求赡则争止。"人们富余时才会退让，而不足时便会争斗。退让，便产生了礼义，争斗就会发生暴乱。财富多时，欲望就减少，获取的多了争斗就会停止下来。范武子懂得礼让，既明且哲；范文子懂得礼让，巡礼让攻；范宣子懂得礼让，礼让为国。经过了范氏三代之让，才使得在范献子之时，范氏在晋国的地位达到了顶峰。正是"庙堂选世将，范氏真多贤"。

一、范武子"既明且哲"

范武子执掌正卿之职的时间非常短暂，他在自己事业高峰之时，选择了急流勇退，把中军将之位让给气焰高涨的郤献子，自己走下政坛，专心辅教儿子范文子。《左传·宣公十七年》载：

范武子将老，召文子曰："燮乎！吾闻之，喜怒以类者鲜，易者实多。《诗》曰：'君子如怒，乱庶遄沮。

君子如祉，乱庶遄已。'君子之喜怒，以已乱也。弗已者，必益之。郤子其或者欲已乱于齐乎？不然，余惧其益之也。余将老，使郤子逞其志，庶有豸乎。尔从二三子唯敬。"乃请老，郤献子为政。

公元前 593 年春季，士会出兵灭了赤狄。当年三月，周定王赐士会黻冕之服，并升士会做中军将，执政晋国，同时担任太傅一职。公元前 592 年，晋景公派遣郤克到齐国征召齐顷公参加盟会。齐顷公用帷幕遮住让妇人观看。郤克登上台阶，那妇人在房里笑起来。郤克生气，出来发誓说："不报复这次耻辱，就不能渡过黄河！"郤克先回国，让栾京庐在齐国等候命令，说："不能完成在齐国的使命，就不要回国复命。"郤克到达晋国，请求进攻齐国，晋景公不答应，请求带领家族去进攻齐国，晋景公依旧没有允诺。同时，齐顷公派遣高固、晏弱、蔡朝、南郭偃参加会盟。到达敛盂，高固逃回来。夏季，在断道会盟，这是为了讨伐有二心的国家。又在卷楚结盟，拒绝齐国人参加。晋国人在野王逮捕了晏弱，在原地逮捕了蔡朝，在温地逮捕了南郭偃。苗贲皇出使路过，见到晏弱。回去，对晋景公说："晏子有什么罪？从前诸侯事奉我们的先君，都急得像赶不上的样子，都说是因为晋国君臣不讲信用，所以诸侯都有二心。齐国的国君恐怕不能得到礼遇，所以不出国而派这四个人来。齐顷公左右的随从有人阻止，说：'您不出国，晋人一定会抓住我国的使者。'所以高子到达敛盂就逃走了。这三个人说：'如果因为我们断绝了国君的友好，宁可回国被处死。'为此他们甘冒危险而来。我们应该好好迎接他们，以使前来的人对我们怀念，但是我们偏偏逮捕了他们，以证明齐国人的劝阻是对的，我们不是已经做错了吗？做错了而不加以改正，而又久久不肯释放，以造成他们的后悔，这有什么好处？让回去的人有了逃走的理由，而伤害前来的人，以使诸侯害怕，这有什么用？"于是晋国人放松了看管，齐国的三名使者就逃走了。秋季，晋军回国。

此时士会看清了郤克的野心，为了不让郤克把火烧到晋国，士会以国家大局为重，主动请辞，告老还乡，并对范文子士燮说了段语重心长的话："燮儿啊！我听说，喜怒合于礼法的是很少的，和它相反的倒是很多。《诗》说：'君子如怒，乱庶遄沮。君子如祉，乱庶遄已。'君子的喜怒是用来阻止祸乱的。如果不是阻止，就一定会增加祸乱。郤子或者是想要在齐国阻止祸乱吧。如果不是这样，我怕他会增加祸乱呢！我打算告老还乡了，让郤子能够心满意足，祸乱或许可以解除。你跟随几位大夫，唯有恭敬从事。"于是就请求告老。郤克执政。随后，郤克在晋、齐靡笄之役中大胜，报了当年被嘲笑之仇……

　　此时东周时代，已是周室衰微，礼崩乐坏。在三皇之时，天下尚无治理国家的言辞、政令，却有良好的风气而自然流传于四海，所以天下人都不知道这个功劳应该归于谁，正如《道德经》中所言："太上，不知有之。"到了五帝时代，人们顺应自然规律，设教施令，天下太平安乐。君臣之间相互谦让，不回去争夺功劳，教化流传于四海，百姓也不知道为什么天下会如此太平安乐。所以君王使用臣子，不须依靠礼赏有功的人，也能获得世间的和谐。在尧舜禹时代，人们开始注重以道德教化，使人心悦诚服；制定各种法规以防世道衰微；四海诸侯按时朝见，朝廷职权就不衰落。这样，国家虽有军备，四海却无战祸。君不必疑臣，臣不必疑君，国家安定，君权巩固，臣属适时身退，君臣之间自然也无利益冲突。至春秋时期，君主统治臣下使用权术，士大夫结交贤士依靠信义，官员使用人才靠奖赏。如果信义减弱，贤士就会疏远，奖赏不够，属下也不会听从命令。这样人们便会以追逐利益为重，久而久之，政令难以维系，世道开始败落。

二、范文子"巡礼让功"

士会告老后，一心辅助儿子士燮，终于使范文子成长为一个懂得巡礼让攻的智者。靡笄之役晋军战胜，晋国军队班师回国，范文子最后一个入城。范武子在城门焦灼地等待着，看到范文子回来后，问他："你不也知道我在盼望你吗？为什么不能早点入城归来？"范文子回答说："出兵有功劳，国内的人们高兴地迎接他们。先回来，一定受到人们的注意，这是代替统帅接受荣誉，所以我不敢。"范武子说："燮儿，你这样谦让，是可以免于祸患的。"

大文豪苏东坡欣赏范文子巡礼让攻的智慧，做《士燮论》，文章内容如下：

> 料敌势强弱，而知师之胜负，此将帅之能也。不求一时之功，爱君以德，而全其宗嗣，此社稷之臣也。鄢陵之役，楚晨压晋师而陈。诸将请从之，范文子独不欲战，晋卒败楚，楚子伤目，子反殒命。范文子疑若懦而无谋者矣。然不及一年，三郤诛，厉公弑，胥童死，栾书、中行偃几不免于祸，晋国大乱。鄢陵之功，实使之

然也。

有非常之人，然后有非常之功。非常之功，圣人所甚惧也。夜光之珠，明月之璧，无因而至前，匹夫犹或按剑，而况非常之功乎！故圣人必自反曰：此天之所以厚于我乎，抑天之祸余也？故虽有大功，而不忘戒惧。中常之主，锐于立事，忽于天戒，日寻干戈而残民以逞，天欲全之，则必折其萌芽，挫其锋芒，使其知所悔。天欲亡之，则必先之，以美利诱之以得志，使之有功以骄士，玩于寇雠，而侮其民人，至于亡国杀身而不悟者，天绝之也。呜呼，小民之家，一朝而获千金，非有大福，必有大咎。何则？彼之所获者，终日勤劳，不过数金耳。所得者微，故所用者狭。无故而得千金，岂不骄其志而丧其所守哉。由是言之一，天下者，得之艰难，则失之不易。得之既易，则失之亦然。汉高皇帝之得天下，亲冒矢石与秦、楚争，转战五年，未尝得志。既定天下，复有平城之围。故终其身不事远略，民亦不劳。继之文、景不言兵。唐太宗举晋阳之师，破窦建德，虏王世充，所过者下，易于破竹。然天下始定，外攘四夷，伐高昌，破突厥，终其身师旅不解，几至于乱者，以其亲见取天下之易也。

故兵之胜负，足以为国之强弱，而国之强弱足以为治乱之兆。盖有胜而亡，有败而兴者矣。会稽之栖，而勾践以霸。黄池之会，而夫差以亡。有以使之也。夫虢公败戎于桑田，晋卜偃知其必亡，曰："是天夺之鉴而益其疾也。"晋果灭虢。此范文子所以不得不谏。谏而不纳，而又有功，敢逃其死哉！使其不死，则厉公逞志，必先图于范氏，赵盾之事可见矣。赵盾虽免于死，而不免于恶名，则范文子之智，过于赵宣子也远矣。

　　文章说，估计敌方势力强弱，就知道军队的胜负，这是将帅的能力。不贪求一时的功劳，用仁德爱护君主，保全国君的宗族后代，这就是能够顾全大局且使国家长治久安的良臣。鄢陵之战，楚军早晨逼近晋军布阵。各位将士请求出征迎战，唯独范文子不答应与楚军作战。晋国的士兵打败了楚国。楚共王被晋军射中眼睛，楚国司马子反丧命。范文子在这场战争中看来好像胆小懦弱，没有谋略一样。但是不到一年，三郤被杀，晋厉公被杀，胥童被杀，栾书、中行偃也几乎不能免于祸乱，整个晋国大乱。鄢陵之战的功劳，实在是造成晋国大乱的原因。

　　有了异于寻常的人，这样之后就有异于寻常的功勋、成绩。而面对异于寻常的功勋、成绩，圣人会感到很惊异的。夜光珠、明月璧，对于这些突如其来的财利，平常人也知道按剑警惕，更何况那些异于寻常的功勋、成绩呢！所以圣人面对非常之功必定反省自问：这是老天爷特别优待我还是祸害我呀？所以即使有大功劳，也不忘戒备警惕。具有中等资质、不慧不痴的君主，急于创造功业，疏忽了老天的告诫，天天攻伐战争、残害人民以显示他们的威风志气，老天爷若要保全他，那就必定会在他的思想行为刚一冒头之时就折断它，打掉他的锋芒锐气，使他知道悔过。老天爷若要灭亡他，就用美色、利益诱惑他让他志得意满，使他因为功劳而对下级骄横无礼，忽视仇敌的存在，而欺侮压迫他的百姓，到了亡国杀身的地步还不悔悟的，老天爷是要灭掉他。唉，普通人家，一朝之间突然获得大量钱财，不是有大福，必定有大祸临头。为什么呢？那个获得的人，整天勤恳劳作，不过微薄的收入罢了。收入微薄，所以需要花费应用的范围狭小。无缘无故得到了大量钱财，岂不是让他骄傲而丢失了他原来惯守的生活原则？因此，夺得天下当上皇帝的人，如果天下得来艰难，那么丧失也不容易。如果得来容易，那么丧失也会很容易。汉高皇帝刘邦得到天下，亲自冒着箭石和秦、楚作战，转战五年，都未能称王天下。等到平定天下之后，又发生了平城之围，所以一生都不扩大对外的侵略战争，老百姓也没有征战之苦。后来的汉文帝、汉景帝也不提倡攻伐战争。唐太宗举兵晋阳，大破窦建德军，虏获王世充，所过之处，势如破竹。但是天下刚刚安定，就对外斥逐周围的少数民族，出兵高昌，攻打突厥，终身都没有放弃过军事战争，国家多次处于战乱之中，是因为他目睹了取得天下很容易。

所以说战争的胜负，不足以成为国家的强弱的依据，却足以成为国家安定与否的先兆。因为有的国家因为打仗胜利而灭亡，也有的国家因为打仗失败而兴盛。越王勾践为吴王夫差所败，栖于会稽，成为横行江淮的霸主。黄池会盟，吴国之后连吃败仗亡国，都是有原因使他们变成这样的。以前虢公在桑田击败少数民族戎，晋国的卜偃预测其必亡，说："这是老天爷有意夺他的镜子（使他看不到自己的危险之处）而加剧他的隐患。"晋国果然灭掉虢。这也是范文子不得不劝告厉公的原因。劝告了却不被接纳，厉公又打了仗，范文子能逃得了必死的下场吗？假使他不死，那么厉公得志，必定先下手谋杀范文子，从赵盾一事中就可以知道了。赵盾最终虽然免于一死，但是免不了弑君的恶名。而范文子的智慧，远远超过赵盾。

三、范宣子"其下皆让"

范宣子的谦让，《左传》中有详细的记载。《左传·襄公十三年》曰：

　　　新军无帅，晋侯难其人，使其什吏率其卒乘官属，
　　以从于下军，礼也。晋国之民，是以大和，诸侯遂睦。
　　　君子曰："让，礼之主也。范宣子让，其下皆让。
　　栾黡为汰，弗敢违也。晋国以平，数世赖之。刑善也夫！
　　一人刑善，百姓休和，可不务乎？"

　　公元前560年，当时晋国君主为晋悼公。因荀罃和士鲂
去世，六卿面临重新调整的局面。晋悼公想拜范宣子士匄为
中军将，他辞谢说："荀偃比我强。过去下臣熟悉智伯，因
此辅佐他，而不是由于我的贤能啊。请派遣荀偃。"荀偃率
领中军，士匄作为辅佐。派遣韩起率领上军，他辞让给赵武。
又派遣栾黡，他辞谢说："下臣不如韩起。韩起愿意让赵武
在上位，君王还是听从他的意见。"就派遣赵武率领上军，
韩起作为辅佐。栾黡率领下军，魏绛作为辅佐。晋悼公对新
军统帅的人选也感到困难，他便让新军的十个官吏率领步兵、
骑兵和所属官员，附在下军里。晋国的百姓因此大大和顺，
诸侯也就和睦。君子说："谦让，是礼的主体。士匄谦让，
他的下属都谦让。栾黡即使专横，也不敢违背。晋国因此而
团结，几世都受到利益，这是由于取法于善的缘故啊！"

苏东坡说："大凡有才有智的人士，热衷于功名而嗜好当官的，都只是跟随着所用的人罢了。"孔子说："讲仁的人安于仁，有智慧的人利用仁。"这些人未必都是君子。如栾黡的辞让未必出于本心，只是看到范宣子礼让在先，自己不得不也学着礼让。

三国时期的思想家刘劭在其著作《人物志·释争》中说道："盖善以不伐为大，贤以自矜为损。是故，舜让于德而显义登闻，汤降不迟而圣敬日跻；郤至上人而抑下滋甚，王叔好争而终于出奔。然则卑让降下者，茂进之遂路也，矜奋侵陵者，毁塞之险途也。"谦让，是一个君子区别于小人的智慧，是一个智者区别于愚者的格言。君子的举动不敢违犯既定的仪范准则，志向不敢侵凌正常的轨道等级，他内心可以自强不息，以自我修养而达完善，对人谦让而知道谨慎敬畏。因此他能使怨恨与灾难不及于其身，使荣誉幸福能通达于长久。《道德经》中讲：夫唯不争，故天下莫能与之争。也许读懂了范氏之让的故事，我们才能明白老子所讲的"曲则全"的道理吧！

第六章　士雅复刘

据《史记三家注》记载：

> 故姓者，所以统系百代，使不别也。氏者，所以别
> 子孙之所出。又系本篇言姓则在上，言氏则在下，故五
> 帝本纪云"禹姓姒氏，契姓子氏，弃姓姬氏"是也。

"姓者，生也，以此为祖，令之相生，虽下及百世，而
此姓不改。"姓是百代相因，从这个姓的始祖开始，一直代
代相传，不得更改。氏是为了解决族属日渐庞大而产生的问
题，族群到了一定规模，旁支则可以各自立氏，但姓不得更
改。即姓是同一个祖宗下的家族属性，而氏是一个个小家。
如上古八大姓有姬、姜、姒、嬴、妘、姚、妊、妫，还有其
他诸如子、芈、祁等姓。从姓中又分离出来诸多氏，如姜子

牙为姜姓吕氏，屈原为芈姓屈氏，孔子为子姓孔氏，等等。
至秦汉之后，姓氏融为一体，渐渐不再区分。

刘氏主要出自祁姓，是谓祁姓刘氏。当今刘氏的人口数
量在中国排名第四，历史上家族显赫，名人辈出，刘邦、刘
秀、刘备、刘裕等帝王数不胜数，更有刘向、刘勰、刘义庆
等文学家不胜枚举。而从刘氏先祖刘累至刘邦建汉这一千多
年间，刘氏鲜有显达者，史书上对于这段历史的记载，也几
乎看不到刘氏名人的存在。直到刘邦建汉之后，刘氏才迅速
发展壮大。范氏在春秋战国时期已经是名门望族，范武子、
范宣子、范蠡、范雎等名人，给家族的显赫平添了浓厚的一
笔。对于御龙氏刘累、范武子士会、汉高祖刘邦三人的承袭
关系，史书上有相关的记载。首先，范武子和刘累的关系，
在《左传》中就给了明确的答案。《左传·襄公二十四
年》载：

> 二十四年春，穆叔如晋。范宣子逆之，问焉，曰：
> "古人有言曰，'死而不朽'，何谓也？"穆叔未对。宣子
> 曰："昔匄之祖，自虞以上，为陶唐氏，在夏为御龙氏，
> 在商为豕韦氏，在周为唐杜氏，晋主夏盟为范氏，其是
> 之谓乎？"

鲁襄公二十四年春季，穆叔到了晋国，范宣子迎接他，询问他，说："古人有话说，'死而不朽'，这说的是什么？"穆叔没有回答。范宣子说："从前匄的祖先，从虞舜以上是陶唐氏，在夏朝是御龙氏，在商朝是豕韦氏，在周朝是唐杜氏，晋国主持中原的盟会的时候是范氏，恐怕所说的不朽就是这个吧！"

据载，陶唐氏是尧之后裔，在虞舜之前唤作陶唐氏。陶唐氏创造了舞蹈，葛天氏创造了歌曲，汉代司马相如在《上林赋》中写道："奏陶唐氏之舞，听葛天氏之歌，千人唱，万人和，山陵为之震动，川谷为之荡波。"黄帝命令伶伦根据陶唐氏和葛天氏的歌舞来创造律吕。西周时周公根据先前的歌舞，制礼作乐，形成了华夏民族的"礼乐制度"，也使得中国成了礼乐之邦（也作礼仪之邦）。春秋时范氏常以族人为陶唐氏后裔而感到自豪。

又《古今姓氏书辩证》载：

> 范氏，出自祁姓，帝尧之后为陶唐氏，裔孙刘累学扰龙，以事夏王孔甲，赐氏曰御龙，以更彭姓豕韦之后。刘累迁于鲁县，至商为豕韦氏，与大彭更伯诸侯。商末国于唐，周成王灭唐以封太叔，徙封唐氏于杜，京兆杜县是也。杜伯事周宣王，无罪见杀，其子奔晋，生芍，

字子舆，为晋士师，以官为氏。士芳生成伯缺，缺生武
子会，为晋上卿，佐文公、襄公。尊事天子，为诸侯盟
主，又灭赤狄有功，王赐之黻冕，使为晋太傅，食邑于
范，因氏焉，谓之范武子，其地，濮州范县是也。

由此可知，范氏和刘氏共祖，均是御龙氏刘累后裔。这
一点是毋庸置疑的。

公元前621年，范武子奉赵宣子赵盾之命，到秦国迎立
公子雍来晋国继君位。但后来发生了穆嬴怀抱太子夷皋哭殿，
赵盾改立夷皋为君的事件，并发兵阻止公子雍、士会等人回
国。这使得士会不得不奔秦，并在秦国生活了数年光景，这
期间，次子士雃一直陪伴在旁。后来赵盾用计将士会赚回晋
国，士会留在秦国的家人都改姓为刘氏。

士雃一支族人未能随士会一起返晋，而是一直留在秦国。
他们从此在秦国落地生根，繁衍生息下来。因这支族裔失去
了随、范等领地，又无司空、御龙、士师的官衔，于是便去
掉杜氏、士氏、随氏的氏姓称号，而选择他们的著名显
祖——刘累的姓氏，正式恢复刘姓。

对于刘邦与范武子的渊源，司马迁的《史记》未给出明
确的答案。但是后来的《汉书》和南朝宋之后出现的《史记
三家注》等一些文献的记载，均说明汉高祖刘邦是范武子留

秦一支的后裔。《史记·高祖本纪》载：

> 高祖，沛丰邑中阳里人，姓刘氏，字季。父曰太公，
> 母曰刘媪。其先刘媪尝息大泽之陂，梦与神遇。是时雷
> 电晦冥，太公往视，则见蛟龙于其上。已而有身，遂产
> 高祖。

原文中内容简便，只说了汉高祖的出身：高祖是沛郡丰
邑县中阳里人，姓刘，字季。他的父亲名叫太公，母亲叫刘
媪。高祖未出生之前，刘媪曾经在大泽的岸边休息，梦中与
神交合。当时雷鸣电闪，天昏地暗，太公正好前去看她，见
到有蛟龙在她身上。不久，刘媪有了身孕，生下了高祖。

而在《史记三家注》中，注解颇为详细。"三家注"是
南朝宋裴骃的《史记集解》、唐代司马贞的《史记索隐》以
及张守节的《史记正义》，《史记三家注》对《史记·高祖本
纪》中上面那段话的注解是：

> 高祖，【集解】汉书音义曰："讳邦。"张晏曰："礼
> 谥法无'高'，以为功最高而为汉帝之太祖，故特起
> 名焉。"
> 沛丰邑中阳里人，姓刘氏，【集解】李斐曰："沛，

小沛也。刘氏随魏徙大梁，移在丰，居中阳里。"孟康曰："后沛为郡，丰为县。"【索隐】按：高祖，刘累之后，别食邑于范，士会之裔，留秦不反，更为刘氏。刘氏随魏徙大梁，后居丰，今言"姓刘氏"者是。左传"天子建德，因生以赐姓，胙之土，命之氏。诸侯以字为谥，因以为族"。说者以为天子赐姓命氏，诸侯命族，族者氏之别名也。然则因生赐姓，若舜生姚墟，以为姚姓，封之于虞，即号有虞氏是也。若其后子孙更不得赐姓，即遂以虞为姓，云"姓虞氏"。今此云"姓刘氏"，亦其义也。故姓者，所以统系百代，使不别也。氏者，所以别子孙之所出。又系本篇言姓则在上，言氏则在下，故五帝本纪云"禹姓姒氏，契姓子氏，弃姓姬氏"是也。按：汉改泗水为沛郡，治相城，故注以沛为小沛也。

字季。【索隐】按：汉书"名邦，字季"，此单云字，亦又可疑。按：汉高祖长兄名伯，次名仲，不见别名，则季亦是名也。故项岱云"高祖小字季，即位易名邦，后因讳邦不讳季，所以季布犹称姓也"。

父曰太公，【索隐】皇甫谧云："名执嘉。"王符云："太上皇名昞。"与湍同音。【正义】春秋握成图云："刘媪梦赤鸟如龙，戏己，生执嘉。"

母曰刘媪。【集解】文颖曰："幽州及汉中皆谓老姁为媪。"孟康曰："长老尊称也。左师谓太后曰'媪爱燕后贤长安君'。礼乐志'地神曰媪'。媪，母别名也，音乌老反。"【索隐】韦昭云："媪，妇人长老之称。"皇甫谧云："媪盖姓王氏"。又据春秋握成图以为执嘉妻含始，游洛池，生刘季。诗含神雾亦云。姓字皆非正史所出，盖无可取。今近有人云"母温氏"。贞时打得班固泗水亭长古石碑文，其字分明作"温"字，云"母温氏"。贞与贾膺复、徐彦伯、魏奉古等执对反覆，沈叹古人未闻，聊记异见，于何取实也？孟康注"地神曰媪"者，礼乐志云"后土富媪"，张晏曰"坤为母，故称媪"是也。【正义】帝王世纪云："汉昭灵后含始游洛池，有宝鸡衔赤珠出炫日，后吞之，生高祖。"诗含神雾亦云。含始即昭灵后也。陈留风俗传云："沛公起兵野战，丧皇妣于黄乡，天下平定，使使者以梓宫招幽魂，于是丹蛇在水自洒，跃入梓宫，其浴处有遗发，谥曰昭灵夫人。"汉仪注云："高帝母起兵时死小黄城，后于小黄立陵庙。"括地志云："小黄故城在汴州陈留县东北三十三里。"颜师古云："皇甫谧等妄引谶记，好奇骋博，强为高祖父母名字，皆非正史所说，盖无取焉。宁有刘媪本姓实存，史迁肯不详载？即理而言，断可知矣。"

其先刘媪尝息大泽之陂，梦与神遇。是时雷电晦冥，太公往视，则见蛟龙于其上。【索隐】按：诗含神雾云"赤龙感女媪，刘季兴"。又广雅云"有鳞曰蛟龙"。

其中一句说："高祖，刘累之后，别食邑于范，士会之裔，留秦不反，更为刘氏。"这句明确说明了高祖刘邦是刘累之后，士会之裔。"留秦不反"者，自然是士会次子士雃（后改名刘轼）。

这种观点显然是沿袭了《汉书》上的说法。据《汉书·高帝纪》记载：

　　赞曰：春秋晋史蔡墨有言，陶唐氏既衰，其后有刘累，学扰龙，事孔甲，范氏其后也。而大夫范宣子亦曰："祖自虞以上为陶唐氏，在夏为御龙氏，在商为豕韦氏，在周为唐杜氏，晋主夏盟为范氏。"范氏为晋士师，鲁文公世奔秦。后归于晋，其处者为刘氏。刘向云战国时刘氏自秦获于魏。秦灭魏，迁大梁，都于丰，故周市说雍齿曰："丰，故梁徙也"。是以颂高祖云："汉帝本系，出自唐帝。降及于周，在秦作刘。涉魏而东，遂为丰公。"丰公，盖太上皇父。其迁日浅，坟墓在丰鲜焉。及高祖即位，置祠祀官，则有秦、晋、梁、荆之巫，世祠天地，缀之以祀，岂不信哉！由是推之，汉承尧运，

德祚已盛，断蛇著符，旗帜上赤，协于火德，自然之应，
得天统矣。

书中说，班固评论：春秋晋国史官蔡墨说过，唐尧所建
的陶唐氏衰微了，其后有刘累，学驯龙之术，臣事于夏天子
孔甲，晋国范氏是他的后代。而晋大夫范宣子亦说过："我
的祖先从虞以上为陶唐氏，在夏代为御龙氏，在商代为豕韦
氏，在周为唐杜氏，在晋为霸主时为范氏。"范氏为晋正卿，
鲁文公时出奔秦国。后归于晋，其留居秦地的为刘氏。刘向
说战国时刘氏从秦复居于魏，秦攻魏，魏都迁徙于大梁，曾
都于丰地，所以周市劝说雍齿："丰，是魏的迁徙之处。"据
此以赞颂汉高祖说："汉帝的本系，出自陶唐尧帝。传世到
周，在秦姓刘。经魏而向东，于是为丰公。"丰公，可能是
太上皇之父。其迁丰之日不久，坟墓在丰地的不多。到高祖
即位，设置祠祀之官，于是有秦、晋、梁、荆的祖庙，世世
祠祭天地祖先香火连绵，这是有根源的啊！以此推断，汉承
尧运，德行气数正逢盛时，断蛇而合"白帝子为赤帝子所
杀"的谶言，旗帜以红色为主，这是火德的象征，以火代木
的自然感应，正符合上天统序的规律。

从《左传》中范宣子自报家门，到《汉书》："汉帝本
系，出自唐帝。降及于周，在秦作刘。涉魏而东，遂为丰

公。"均证实了高祖刘邦是范武子一脉。另外宋元时期的
《文献通考》和《资治通鉴音注》仍沿用了《汉书》中的说
法。《资治通鉴音注》是宋元之际的史学家胡三省所编辑，
内容考稽《资治通鉴》的典章、音训、地理等精详，证谬颇
多。《资治通鉴音注》中讲：

> 九月，沛人刘邦起兵于沛，（陶唐氏既衰，其后有
> 刘累，以扰龙事孔甲，为豢龙氏。及晋，士会自秦归晋，
> 其处者为刘氏。师古曰：沛本秦泗水郡之属县。李斐曰：
> 沛，小沛也。索隐曰：汉改泗水郡为沛郡，治相城，故
> 以沛县为小沛。沛，博盖翻。汉高帝事始此。）下相人
> 项梁起兵于吴，（班志，下相县属临淮郡。索隐曰：按
> 相，水名，出沛国。沛有相县，于相水下流置县，故曰
> 下相。括地志：下相故城，在泗州宿豫县西北七十里。
> 项燕为楚将，封于项，子孙以邑为氏。吴县，会稽郡治
> 所，故吴都也。）狄人田儋起兵于齐。

同样，李贤等为《后汉书》作注，也有相关记载。《后
汉书·窦融列传》记载：

> 融等于是召豪杰及诸太守计议，其中智者皆曰：

"汉承尧运，（《左传》曰，陶唐氏既衰，其后有刘累，学扰龙，事孔甲为御龙氏，春秋时晋卿士会即其后也。士会奔秦，后归晋，其处者为刘氏。战国时，刘氏自秦获于魏，魏迁大梁都于丰，号丰公，即太上皇父也，故曰'汉承尧运'。）历数延长……"

通过以上史书的记载，对于自士会至刘邦期间刘氏发展的路线演变，便清晰明了了。

对于刘邦承自范武子一脉，在司马迁的《史记》中未有相应记载，而后世的《汉书》和《史记三家注》中却有。出现这种现象，也许是西汉时期此种观点未得到验证，到东汉时期才慢慢找寻到了有力的证据，因此才形成了这样的观点。然而细品之，离高祖刘邦更近的司马迁没有拿到史料素材，而离得较远的班固拿到了佐证，或许颇费些思量，南朝宋和唐代的史学家也接受并沿用了该观点。因此对于这一点，仍需史学家们去深入地研究。

第七章　食邑于随

　　春秋战国时期，诸侯的封地称为"国"，大夫的食邑称为"家"。《国语·晋语》说："公食贡，大夫食邑，士食田，庶人食力，工商食官，皂隶食职，官宰食加。政平民阜，财用不匮。"《礼记·礼运》说："故天子有田以处其子孙，诸侯有国以处其子孙，大夫有采以处其子孙，是谓制度。"

　　《周礼·叙官》载：

　　　凡建邦国，以土圭土其地而制其域。诸公之地，封疆方五百里，其食者半；诸侯之地，封疆方四百里，其食者参之一；诸伯之地，封疆方三百里，其食者参之一；诸子之地，封疆方二百里，其食者四之一；诸男之地，封疆方百里，其食者四之一。

　　爵位制度中，天子之外，诸侯国分为公、侯、伯、子、男五种爵位；在各诸侯国中，则分为卿、大夫、上士、中士、下士五等爵位。对于诸侯国的君主来说，所封之地，是治理的范围，也是俸禄的来源。天子的领地叫作京畿或王畿，是俸禄的主要来源。京畿的土地，方圆千里。公爵和侯爵的封地，都是方圆百里；伯爵封地七十里；子爵和男爵则五十里。

　　大国土地达到方圆百里，君主有田三万二千亩，其收入可以养活两千八百八十人；其君主的俸禄是卿的十倍，即卿得到的俸禄是国君的十分之一，有田三千二百亩，可以养活二百八十人；大夫的俸禄是卿的四分之一，有田八百亩，可以养活七十二人；上士的俸禄是大夫的二分之一，有田四百亩，可以养活三十六人；中士的俸禄是上士的二分之一，有田二百亩，可以养活十八人；下士的俸禄是中士的二分之一，有田百亩，可以养活九人到十五人。

　　次等诸侯国，封地方圆七十里，君主有田二万四千亩，可以养活二千一百六十人，君主的俸禄按照卿的俸禄的十倍作为标准，即卿的俸禄是君主的十分之一，卿有田二千四百亩，可以养活二百十六人；大夫的俸禄是卿的三分之一；上士的俸禄是大夫的二分之一；中士的俸禄是上士的二分之一；下士的俸禄是中士的二分之一。下士的俸禄按照平民百姓身在官府任职的小吏的标准确定，而小吏的俸禄要足以代替耕田种地的收获。

小的诸侯国，封地方圆五十里，君主有田一万六千亩，可以养活四百四十人，君主的俸禄是卿的十倍；卿的俸禄是大夫的两倍，有田一千六百亩，可以养活一百四十四人；大夫的俸禄是上士的两倍，上士的俸禄是中士的两倍，中士的俸禄是下士的两倍，下士的俸禄跟平民百姓在官府任职的人相同。

士会是春秋时期有名的大夫，因有功，先封于随邑，食采于随，所以叫作随会、随季、随武子。赵文子曾与叔誉谈论想与哪位逝去的先贤同行，赵文子说："其随武子乎！纳谏不忘其师，言身不失其友。"足见士会的功绩和德行均被世人所称赞。士会先被封于随邑，而何时获得随邑为封地，文献尚不可考，未有明确的记录。据《介休县志》记载，介休在晋文公和晋襄公时为士会食邑。而改封于范邑，在《东周列国志》中有记载："及士会定赤狄而还，晋景公献狄俘于周，以士会之功奏闻周定王。定王赐士会以黻冕之服，位为上卿。遂代林父之任，为中军元帅，且加太傅之职，改封于范，是为范氏之始。"因此，士会是因灭赤狄有功，被周天子赐封为上卿加太傅，并将封地改为范邑。改封范邑而非加封范邑，可以看出当时范邑无论从人口、面积，还是税收上，均要大于随邑。

随邑是古老的地方,《左传·隐公五年》记载:"曲沃庄伯以郑人、邢人伐翼,王使尹氏、武氏助之。翼侯奔随。"公元前725年,曲沃庄伯带领郑军、邢军进攻翼地,并在翼地弑杀晋孝侯。周桓王派尹氏、武氏帮助晋国抵御庄伯,在翼地的晋鄂侯逃到随邑。

随邑在今山西介休市东,现属晋中介休市管辖。之所以叫介休,是和晋文公时的贤士介子推有关。介休,意为介子推休息之地。

据《左传·僖公二十四年》载:

晋侯赏从亡者,介之推不言禄,禄亦弗及。推曰:"献公之子九人,唯君在矣。惠、怀无亲,外内弃之。天未绝晋,必将有主。主晋祀者,非君而谁?天实置之,而二三子以为己力,不亦诬乎?窃人之财,犹谓之盗,况贪天之功以为己力乎?下义其罪,上赏其奸,上下相蒙,难与处矣!"其母曰:"盍亦求之?以死,谁怼?"对曰:"尤而效之,罪又甚焉,且出怨言,不食其食。"其母曰:"亦使知之,若何?"对曰:"言,身之文也。身将隐,焉用文之?是求显也。"其母曰:"能如是乎?与女偕隐。"遂隐而死。晋侯求之,不获,以绵上为之田,曰:"以志吾过,且旌善人。"

公元前 636 年春天，秦国护送晋公子重耳到达黄河岸边。狐偃说："我跟随您周游天下，犯下了太多的过错，请让我从此离去吧。"重耳说："待我回到晋国，一定与您同心，请河伯做证，以此玉璧为誓！"于是，重耳就把玉璧扔进黄河中，与狐偃明誓。当时介子推也是随从，他在船中看到狐偃的行为，就笑道："确实上天在支持公子兴起，可狐偃却认为是自己的功劳，并以此向君王索取，太耻辱了。我不愿和他同列。"说完就隐蔽起来渡过黄河。对于介子推对晋文公的忠心，《庄子》和《韩非子》均记载了介子推割自己大腿上的肉来解晋文公之饥的故事。《庄子》曰："介子推至忠也，自割其股以食文公，文公后背之，子推怒而去，抱木而燔死。"《韩非子》曰："昔者介子推无爵禄而义随文公，不忍口腹而仁割其肌，故人主结其德，书图著其名。"

晋文公重耳顺利即位后，修明政务，对百姓布施恩惠，赏赐随从逃亡的人员和各位有功之臣，按照功劳大小，封城给邑，加官晋爵。晋文公还未来得及赏赐完毕，周襄王因弟弟王子带发难逃到郑国居住，于是来向晋国告急。晋国此时刚刚安定，想派军队去，又担心国内发生动乱，因此耽误了后面的赏赐。而此时晋文公赏赐随从的逃亡者还未轮到隐藏起来的介子推，介子推自己也不去主动要求俸禄。介子推说：

"献公有九个儿子，只有国君还健在。惠公、怀公没有亲信，国内外都唾弃他们。上天还没让晋国灭亡，必定需要君主来主持晋国的祭祀。当今国君是上天在助他兴起，可是有两三个人以为是自己的功劳，不也很荒谬吗？偷了别人的财物，还说可以是盗贼，而贪天之功以为己功的人又算什么呢？臣下遮盖罪过，主上赏赐奸佞，上下互相欺骗，我难以与他们相处了！"介子推的母亲说："你为什么不也去请求赏赐呢？"介子推说："我怨恨那些人，再去仿效他们的行为，罪过就更大了。况且我已经说出了怨言，绝不吃他的俸禄。"他母亲说："也让国君知道一下你的情况，怎么样？"介子推回答说："话是每人身上的花饰，装上花饰是为了显露自己，身体都想隐藏起来了，何必再使用花饰呢？"介子推的母亲说："如果能像你说的这样，那我和你一起隐藏起来吧。"母子俩至死没有再露面。

介子推的随从很怜悯他，就在宫门口挂上一张牌子，上面写道："龙想上天，需五条蛇辅佐。龙已深入云霄，四条蛇各自进了自己的殿堂，只有一条蛇独自悲怨，最终没有找到自己的去处。"晋文公出宫时，看见了这几句话，说："这是介子推。我正为王室之事担忧，还没能考虑他的功劳。"于是，晋文公派人去叫介子推，但介子推已逃走。晋文公就打听介子推的住所，听说他进了绵上山。于是，晋文公把整座绵上山封给介子推，作为他的封地，称之介推田，又起名叫介山。晋文公想以烧山的方式，逼迫介子推出山，只可惜介子推和其母亲均被大火烧死在介山中。

公元前514年，随邑境内设邬县，并为司马弥牟的食邑。至秦统一中国后，始设介休县，名字沿用至今。

第八章　食邑于范

在晋文公和晋襄公之时，士会一直食邑于随，即只有随邑是士会的封地。而在公元前593年，年近七十的士会帅晋军灭赤狄有功，随之而来的是周天子亲诏，赐封士会太傅之职，掌管晋中军，正式升为晋国正卿，并将其由随改封于范。关于士会食邑于范，历史上有颇多记载。

据《史记三家注·秦本纪》记载：

> 韦昭云："（随会）晋正卿士蒍之孙，成伯之子季武子也。食采于随范，故曰随会，或曰范会。季，范子字也。"

《史记三家注·刺客列传》载：

左传范氏谓昭子吉射也。自士会食邑于范，后因以邑为氏。

《古今姓氏书辩证》载：

士芶生成伯缺，缺生武子会，为晋上卿，佐文公、襄公。尊事天子，为诸侯盟主，又灭赤狄有功，王赐之黻冕，使为晋太傅，食邑于范，因氏焉，谓之范武子，其地，濮州范县是也。

《姓氏急就篇》载：

范氏，陶唐氏之后，晋士会食采于范，曰范武子，子子燮。又楚范山范无宇，越范蠡、魏范座、秦范睢、西楚范增、汉范迁范昆滂丹、魏范粲、晋范宁、唐范履冰、宋范仲淹纯仁镇祖禹。

诸多历史文献均记载了范武子食邑于范的历史事实，因食邑于范，士会及其后人便以邑为姓，士会也称作范武子，是范氏得姓始祖。据《续修范县县志》记载："范，兖州之域，颛顼氏之故墟也，三代名称非一：曰顾城，曰廪丘，曰秦邑，曰范邑。"在本境置县之前，上古时本境为颛顼故墟；大禹平水土，制万国，范属昆吾之地。夏朝时为顾国，春秋时先为鲁国秦邑（秦亭），后为晋国范邑。境内曾设廪丘，廪丘治所在羊角城。顾国、秦邑和范邑治所均在今范县旧城。西汉初年设置范县，汉初至明洪武庚申年期间，范县治所在旧城，后因洪武年间黄河水患，知县张允将县治迁至今山东莘县古城镇。后又因河南山东水仗官司，县治于1956年再次迁徙至今范县老城（莘县樱桃园）。四十年后，在老城正南五公里处建设范县新区。因此范邑命运多舛，城治颇有变迁，留下了旧城、古城、老城、新区四个治所。

一、范水

据范县旧志记载："范水在旧县城东，大潴潭之别派也。县之得名以此。今塞。"

历史上先有范水，后有范邑，然后有范武子。据范县旧志记载，范水在今范县张庄乡旧城村以东，未记载距离旧城具体距离，或五里，或十里。范水为大潴潭的分支，《大清一统志·曹州府一》记载，大潴潭相传即大野泽（巨野泽）的余流。《左传》记载：哀公十四年（公元前481年），西狩于大野（大野泽）。古济水中流在此通过，向东有水道与古泗水相接。东晋时桓温、刘裕曾对大潴潭加以疏浚，以利航运。唐代湖面南北三百里，东西百余里。五代后南部涸为平地，北部成为梁山泊的一部分。

古范水早已不复存在，今日范县境内的范水河，均是先前的孟楼河改名而得。

二、旧城

据康熙《范县志》记载，范为齐鲁之枢，据卫之上游。自春秋以来名称非一，其曰范，曰顾城，曰廪丘，曰羊角，曰秦亭。按《禹贡》《职方》舆图，皆兖州之域，为颛顼氏故墟。后为范武子采邑，即"孟子自范之齐"是也。历秦汉晋唐至宋金元明，俱代有沿革，而范则其通称焉。《范县乡土志》载，范县之名，始于西汉，废于北齐，复于隋，唐朝时设范州，五年后仍复叫范县，以后范县沿用至今。

公元前318年，五十三岁的亚圣孟子来到魏国，并向魏惠王（梁惠王）阐述自己的思想，因此而有《孟子·梁惠王》篇章。后因魏惠王去世，孟子便从魏国国都大梁去往齐国。途径范邑时，在范邑城内看到了齐王的儿子，并发出一篇感叹，此篇被记录在《孟子·尽心上》中：

> 孟子自范之齐，望见齐王之子，喟然叹曰："居移气，养移体，大哉居乎！夫非尽人之子与？"
>
> 孟子曰："王子宫室、车马、衣服多与人同，而王子若彼者，其居使之然也，况居天下之广居者乎？鲁君之宋，呼于垤泽之门。守者曰：'此非吾君也，何其声之似我君也？'此无他，居相似也。"

孟子从范邑到齐国都城，远远地望见了齐王的儿子，非常感慨地说："一个人的生活环境可以改变气度，所享受的奉养可以改变体质，环境是多么重要啊！他难道不也是人的儿子吗？"

孟子说："王子的公室、车马、衣服大多与他人相同，而王子所以显得与众不同，是他的地位使他那样的。何况那处在天下最广大地位上的人呢？鲁国的国君到宋国去，在宋国的城门下呼喊。守门的人说：'这人不是我们的国君，他的声音怎么这样像我们的国君呢？'这没有别的原因，他们的地位相似罢了。"

《续修范县县志》记载后人写的诗《孟子自范之齐碑》，诗曰：

大梁游罢又青齐，蕞尔廪丘记雪泥。

东海雄风迎面起，诸侯宾礼尽眉低。

曾闻世子愧驰马，应使宣王惭斗鸡。

谬宰此邦予惜后，留行空怅柳荫西。

　　范县旧城，即今范县张庄乡旧城村，因经历数次黄河泛滥，大部分城邑已被黄河吞噬，目前仅存一个小村落。旧城有着悠久的历史，夏朝的顾国、春秋时的秦邑和范邑，治所均在旧城。春秋时旧城为晋大夫士会食邑。士会先祖是御龙氏刘累，为了致敬先祖，士会将范邑城设六门，以代表龙的形状：东西两门作为龙头和龙尾，东南、西南、东北、西北四门作为龙的四足。明洪武庚申年间，黄河决口，范县城被大水毁坏，时任知县张允迁徙县治至唐庄宗新军栅地，即今山东省莘县古城镇。

　　据嘉靖《范县志》记载，西汉初设置范县，至明初水患，先后有刘雄、荀彧、程昱、刘演等诸多名士为县令。刘雄为汉昭烈帝刘备的祖父，《三国演义》中讲道："玄德奏曰：'臣乃中山靖王之后，孝景皇帝阁下玄孙，刘雄之孙，刘弘之子也。'"荀彧和程昱更是曹操麾下有名的贤士，二人曾一起镇守鄄城、范县和东阿三县。《三国志》载：

> 会张邈与陈宫叛迎吕布，郡县皆应。荀彧、程昱保鄄城，范、东阿二县固守，太祖乃引军还。布到，攻鄄城不能下，西屯濮阳。太祖曰："布一旦得一州，不能据东平，断亢父、泰山之道乘险要我，而乃屯濮阳，吾知其无能为也。"遂进军攻之。布出兵战，先以骑犯青州兵。青州兵奔，太祖陈乱，驰突火出，坠马，烧左手掌。司马楼异扶太祖上马，遂引去。

适逢张邈和陈宫叛乱，迎接吕布，各郡县纷纷响应。荀彧、程昱保住了鄄城，范县和东阿县也因死守而幸免，太祖闻讯，领兵返回。吕布一到，就进攻鄄城，攻城不下后领兵向西，驻扎在濮阳。太祖说："吕布一天之中便得一州，却不占领东平，切断亢父、泰山之间的通道，凭险要地势拦击我，反而驻兵濮阳，我因此断定他没有大的作为。"于是率军攻打吕布。吕布出战，先派骑兵冲散青州兵，太祖军阵势大乱，他飞马冒火突围，掉下马来，烧伤了左手掌。行军司马楼异扶太祖上马，带他冲出重围。

嘉靖《范县志》中记载，知县张允在洪武十二年（公元1379 年）为范县县令，第二年河决城坏，于是将县城北迁二十里至旧时唐庄宗新军栅地。翻阅《明史》，其中关于黄河泛滥的记载，未见洪武庚申年即洪武十三年（公元 1380 年）的决口。《明史》第八十三卷记载：

　　明洪武元年决曹州双河口，入鱼台。徐达方北征，乃开塌场口，引河入泗以济运，而徙曹州治于安陵。塌场者，济宁以西、耐牢坡以南直抵鱼台南阳道也。八年，河决开封太黄寺堤。诏河南参政安然发民夫三万人塞之。十四年决原武、祥符、中牟，有司请兴筑。帝以为天灾，令护旧堤而已。十五年春，决朝邑。七月决荥泽、阳武。十七年决开封东月堤，自陈桥至陈留横流数十里。又决杞县，入巴河。遣官塞河，蠲被灾租税。二十二年，河没仪封，徙其治于白楼村。二十三年春，决归德州东南凤池口，迳夏邑、永城。发兴武等十卫士卒，与归德民并力筑之。罪有司不以闻者。其秋，决开封西华诸县，漂没民舍。遣使振万五千七百馀户。二十四年四月，河水暴溢，决原武黑洋山，东经开封城北五里，又东南由陈州、项城、太和、颍州、颍上，东至寿州正阳镇，全入于淮。而贾鲁河故道遂淤。又由旧曹州、郓城两河口漫东平之安山，元会通河亦淤。明年复决阳武，泛陈州、中牟、原武、封丘、祥符、兰阳、陈留、通许、太康、扶沟、杞十一州县，有司具图以闻。发民丁及安吉等十七卫军士修筑。其冬，大寒，役遂罢。三十年八月决开封，城三面受水。诏改作仓库于荥阳高阜，以备不虞。冬，蔡河徙陈州。先是，河决，由开封北东行，至是下流淤，又决而之南。

而对于涉及范县的水患，《明史》中记载的是正统二年（公元1437年）黄河决口："正统二年筑阳武、原武、荥泽决岸。又决濮州、范县。"或许洪武十三年（公元1380年）那次水患仅仅在范县小范围内造成严重影响，灾害未被收录史册中。

旧城古塔

旧城关帝像

　　县城迁徙后，经历数百年，旧城的六街六门、县署文庙遗址犹仿佛可辨，东南门内对古佛堂，东门外枕天齐庙，大西门外枕关帝庙，西南隅外映西峰寺（范县旧志称永庆寺）并西峰塔。西峰寺内有铜铸如来佛三尊；古佛堂后大殿设铜菩萨一尊、铁罗汉十八位，今仅存其一；前殿有铜铸关帝像一尊，高六尺许，形容非常严肃，相传唐吴道子铸。

　　《续修范县县志》记载了关于黄水入城时耄耋老翁卖土救人的故事：当初黄水未入城时，有白首老翁沿街卖土，可惜无人购买。于是老翁将土绕古佛堂周围撒下，待到河水冲

旧城古铜菩萨

陷城池时，古佛堂仍然高出水位，因此救活数百人。

旧城后经重修。嘉靖年间，范县员外郎丁永嵘曾重修永庆寺，并作记刻碑，碑文曰："旧范县当明兴时，县衙、儒庠、公馆、驿传、庐舍咸萃焉。土沃民富，花木郁森，商贾辐凑，河川环绕，父老传称胜地不诬也。县之西隅古刹名永庆寺，浮屠捶汉，殿宇壮丽，骚人文士多游咏于此。洪武庚申黄河泛涨，县徙今治。其城郭市肆顿称坵墟，而此寺倾圮沦没，独宝塔耸然如昔耳。"雁塔在 20 世纪五六十年代还耸立在旧城老村落，然而在后来的再一次黄河水患中倒掉。永庆寺和雁塔从此彻底埋没在历史烟云中，当年的"三里大长街"也不复存在，只留下旧城的百姓还在守望着曾经的历史。

笔者曾作《范县旧城赋》，发表于《中华辞赋》2017年第3期。录文如下：

范旧城，士会故邑，豫鲁争壤，背鳍纵豫，左翼邻黄。废城殒落倾圮滥道，残民苟筑堤外河阳。先为颛顼墟遗，虞舜之乡。昔古三易區，幅员数更张，曰顾国，曰廪丘，曰秦台。顾国春生色，秦台晚来香。武子既来，裔孙食邑，雍根范水，曳叶城央，骙骙兮范城驾千载运，瀼瀼兮族系育百世长。曹公子建，筑台释郁，悲悲赋愁，嘶嘶求方，为释愁篇："愁之为物，为恍为惚，不召自来，推之弗往，寻之不知其际，握之不盈一掌，寂寂长夜，或群或党，去来无方，乱我精爽。"然则社更稷易，今来古往，蟠麟堪叹，虬蛟难防，市井难有安居，黄河不羁泛涨。于是，水决杨静口，摧坏千年岁龄塔寺；城避金堤下，移徙二十里外异乡。华髯耄耋虽兜救土，肖龙城池未再铿锵。惜我旧城，叹我故邦，授县刘汉，失治朱皇，印绶北去，池庙匿荒，愁若公子，恍绝范郎。

悲艾兮救土，寂寥兮佛堂。惜留雁塔，影捶太苍，朱檐
碧瓦，灼壁夭墙，续千年旧刹，映三里街长。纪胜遥传
唐世代，千秋呵护叹览徉。浮屠井影，龛匣佛阶，桑槐
隐雾，杨柳筛光，垂髫嬉戏于神铸，稚甲弄棋于垣廊。
然浮屠瘤朽，西峰怆怏，椿空榆寥，影寂佛荒，青砖未
尽餐霞漱瀣，残瓦沦做敷淖覆霜！

于是东辞老宅，西辟新梁，旧愁古岁随塔去，春棉
秋絮凭堤长。三里长街难寻，红砖瓦舍初望。晨色熹微，
岚烟袅绕，夕阳暮霭，紫陌骀荡。桐堤柳坞东仰凤翥，
涡黄石坝西顾龙翔。

至若春回枝暖，沙沉河畅，卉袭繁露，瓦舍冰亡。
哎喋兮荡水之春鸭，咩野兮觅草之坡羊。杨柳飘絮雪，
梧桐引鸾凰，榆钱状蝶翅，槐蕊竞桂香。剜茅根似蔗，
蒸苣荬当粮，呷咂荻谷乳穗，铲斩米蒿初秋。树稠夏盛，
村热堤凉，三五坐石齐摇扇，戊子少汗共闭窗，黄堤树
下观娄䎭，竹床枕上梦玄黄。蜓舞菡萏，蝉蜕柳桩。妇
姑刈麦，孩童嬉藏，稼穑翻堤渡水，镰锄送月迎阳。三
伏雨盛，暑酷雷长，行云暧碟，溢水澄塘。秋冬风起，
天地寒苍，吁鸣兮青塘掀浪，皑皎兮土壁凝霜。北风吹
劲，庭树凋黄，冰凝雪落，素裹银装，乘寒罗红事，踏
雪征娇娘。乃织炉烤灶，燃竹饰床，盛席华筵，朱壁红

窗。于是新春辞旧，桃符贴梁，出门见喜，满院春光。

嗟呼！范县命运多舛，迁四座池治；旧城释迦少佑，垦两岸苍荒。向使掣瀚无犯，洪武续弦，岂非雁塔摩云，永庆盛香，亭台楼阁，轩榭园廊，秋鸦敛翅，喜鹊高翔，涓溪蹀躞，犬兔囔囔，莺歌燕舞，汀华刹香。已矣！棚藤鞶蹙，云霓戚悯，韶华难再，曙雀无双。惜桑梓寡谊侥运，慨故土硕存痍肓，于是旧城溯忆，迥域篡章：

翻忆空呻怨，寒雨落秋窗。

顾国春生色，秦台晚来香。

钟鸣声杳霭，塔刹影捶苍。

公子悲愁郁，棚藤惮祸殃。

舠舟漕两岸，石坝弼东黄。

苍野掩故郡，残册述垣廊。

三、范顾姚秦

古范地因是范邑、顾国、姚墟、秦亭所在地，因此此地是范、顾、姚、秦四个姓氏的发源地。

范氏：因范武子食邑于范，后人便以范为氏，不做赘述。

秦氏：出自嬴姓。东夷部落首领伯益因辅佐大禹治水有功，帝舜置秦邑并赐给伯益，作为其封地。秦邑邑治即今范县旧城。伯益的后人，一部分在周朝初期被流放山西，一部分留在秦邑，留下的便以邑为氏，因此便有秦氏。时秦邑属鲁国管辖，秦氏在鲁国繁衍生息，发展壮大，春秋时期，孔子七十二弟子中有秦祖、秦商、秦非、秦冉四位。鲁国秦氏还有一些移居他国，如战国初期的名医扁鹊，本名叫秦越人，祖先是鲁国人，移居齐国。据《左传·庄公三十一年》载：

> 三十有一年春，筑台于郎。夏四月，薛伯卒。筑台于薛。六月，齐侯来献戎捷。秋，筑台于秦。冬，不雨。

昔时秦邑属于鲁国，鲁庄公三十一年（公元前 663 年），在秦邑筑台，即秦台，又叫秦亭。《后汉书》载：范有秦亭。晋朝杜元凯为《春秋左传》作注，记载："东平范县西北有秦亭，今尚存。"即秦亭至魏晋时期仍然留存于世。魏晋南北朝时，范县属东平国或东平郡。唐代著名的边塞诗人高适曾写《东平旅游奉赠薛太守二十四韵》一诗留存于世，诗中提到范县秦亭，诗曰：

> 颂美驰千古，钦贤仰大猷。晋公标逸气，汾水注

长流。

神与公忠节，天生将相俦。青云本自负，赤县独推尤。

御史风逾劲，郎官草屡脩。鸳鸾粉署起，鹰隼柏台秋。

出入交三事，飞鸣揖五侯。军书陈上策，廷议借前筹。

肃肃趋朝列，雍雍引帝求。一麾俄出守，千里再分忧。

不改任棠水，仍传晏子裘。歌谣随举扇，旌旆逐鸣驺。

郡国长河绕，川原大野幽。地连尧泰岳，山向禹青州。

汶上春帆渡，秦亭晚日愁。遗墟当少昊，悬象逼奎娄。

即此逢清鉴，终然喜暗投。叨承解榻礼，更得问缣游。

高兴陪登陟，嘉言忝献酬。观棋知战胜，探象会冥搜。

眺听情何限，冲融惠勿休。祇应齐语默，宁肯问沈浮。

然诺长怀季，栖遑辄累丘。平生感知已，方寸岂
悠悠。

其中的"秦亭晚日愁"一句，正契合了范县古八景之一
的"秦台晚照"，以及对于曹植在范县羊角城内筑愁台并写
《释愁文》一文的感慨。

姚氏：姚氏源于舜帝，因舜生于姚墟，后人便以姚为姓。
据《宋书》记载：

帝舜有虞氏，母曰握登，见大虹意感，而生舜于姚
墟。目重瞳子，故名重华。

《初学记》记载：

帝舜有虞氏。《帝王世纪》曰：舜，姚姓也。其先
出自颛顼。颛顼生穷蝉，穷蝉有子曰敬康，敬康生勾芒，
勾芒有子曰桥牛，桥牛生瞽瞍。瞽瞍妻曰握登，见大虹，
意感而生舜于姚墟，故姓姚氏，字都君。

《史记三家注·五帝本纪》中记载了姚墟的位置：

括地志又云："姚墟在濮州雷泽县东十三里。孝经援神契云舜生于姚墟。"

孔安国云："华谓文德也，言其光文重合于尧。"瞽叟姓妫。妻曰握登，见大虹意感而生舜于姚墟，故姓姚。目重瞳子，故曰重华。

姚墟在濮州雷泽县东十三里，即今范县境内。

顾氏：源于昆吾氏。据《史记·楚世家》记载，火神祝融的弟弟吴回生下陆终，陆终有六个儿子，都是母亲腹裂而产，长子叫昆吾，次子叫参胡，三子叫彭祖，四子叫会人，五子叫曹姓，六子叫季连，季连姓芈，是楚国王族的祖先。昆吾在夏商时曾做侯伯，桀时被汤灭亡。彭祖在殷朝时曾做侯伯，殷朝末年，彭祖被灭。

另《大戴礼记·帝系》载：

颛顼娶于滕氏，滕氏奔之子谓之女禄，氏产老童。

老童娶于竭水氏，竭水氏之子谓之高絅，氏产重黎及吴回。

吴回氏产陆终。

陆终氏娶于鬼方氏，鬼方氏之妹谓之女隤，氏产六子；孕而不粥，三年，启其左胁，六人出焉。其一曰樊，

是为昆吾；其二曰惠连，是为参胡；其三曰籛，是为彭
祖；其四曰莱言，是为云郐人；其五曰安，是为曹姓；
其六曰季连，是为芈姓。

夏禹平水土，制万国，并将昆吾国赐封于陆终之子樊，
后人便以昆吾为氏。昆吾氏子孙被封于顾国，于是后人便以
国为姓，谓顾氏。范县旧志记载，顾国都于范，为汤所罚，
诗《韦顾昆吾》即此。《韦顾既伐》出自《诗经·商颂·长
发》，诗曰：

> 浚哲维商，长发其祥。洪水芒芒，禹敷下土方。外
> 大国是疆，幅陨既长。有娀方将，帝立子生商。
> 玄王桓拨，受小国是达，受大国是达。率履不越，
> 遂视既发。相土烈烈，海外有截。
> 帝命不违，至于汤齐。汤降不迟，圣敬日跻。昭假
> 迟迟，上帝是祗，帝命式于九围。
> 受小球大球，为下国缀旒，何天之休。不竞不絿，
> 不刚不柔。敷政优优，百禄是遒。
> 受小共大共，为下国骏厖。何天之龙，敷奏其勇。
> 不震不动，不戁不竦，百禄是总。
> 武王载斾，有虔秉钺。如火烈烈，则莫我敢曷。苞

有三蘖，莫遂莫达。九有有截，韦顾既伐，昆吾夏桀。

　　昔在中叶，有震且业。允也天子，降予卿士。实维阿衡，实左右商王。

诗中说：深远又智慧的我大国殷商，永远发散无尽的福祉瑞祥。遥想那洪荒时代洪水茫茫，大禹治水施政于天下四方。他以周边各诸侯国为疆域，扩张的天下幅员辽阔之极。有娀氏族部落正在崛起时，禹王立有娀氏为妃生下契。先祖契号称玄王英姿天纵，授封他小国治得政通人和，授封他大国也能人和政通。他循礼守法从不逾越规矩，因此在群众中能得到响应。后继者相土也是极为英武，诸侯纷纷归其麾下。正是因为我殷商不违天命，商才发展到汤这一代大兴。我祖汤王的诞生正应天时，他的圣明庄敬一天天提升。商汤光昭于上天久而不息，从来都是唯上天是尊是敬，上天授他管理九州岛的使命。得授镇圭大圭等执政之宝，为天下诸侯竖起伟大旗帜。多多承蒙上天的善意照拂，他既不争竞也不过于松弛，不过于刚硬也不过于柔和。施政理念始终是从容宽裕，因此无尽福禄降到他身躯。得授小珙大珙等执政之璧，为天下诸侯当好领头骏马。多多承蒙上天的恩宠关爱，他策马扬鞭上阵英勇冲杀。不为强敌所震也不被吓倒，因为他既不怯懦也不惧怕，无尽的福禄都往他身上加。汤王乘坐的兵车战旗猎猎，他诚敬地持着讨逆的权杖。冲锋陷阵的大军勇猛如火，没有谁敢把我的攻势阻挡。一丛竹根可生出三棵嫩芽，绝不能让它出土让它成长！九州岛天下要想实现大一统，就要先去讨伐韦国和顾国，再去讨伐昆吾国和夏桀王！过去在我殷商中世的时候，国家一度深陷于危难之中。实在是我们天子圣明诚敬，把治国重任交给伊尹爱卿。伊尹确实配得上阿衡职位，确实起了辅佐商王的作用。

四、羊左之交

据康熙《范县志》和乾隆年间《钦定春秋传说汇纂》记载，羊角城在范县东南新安村，距离范县（古城镇）七十里，是羊角哀为左伯桃死友处，又名义城。羊角城也是廪丘故城所在。廪丘是春秋时卫邑，在今山东郓城县西北，范县东南。《左传》记载，襄公二十六年（公元前 547 年），"齐乌余以廪丘奔晋，袭卫羊角，取之"。杜注："今廪丘县所治羊角城是。"《晋书·地理志》载，濮阳国廪丘"有羊角城"。《魏书》记载说：廪丘（前汉属东郡，后汉属济阴，晋属）有羊角哀左伯桃冢、管公明冢。

羊角城得名于战国时期的贤士羊角哀，他曾与另外一名贤士左伯桃演绎了一场生死之交的故事。我们平日里所说的八拜之交之一的舍命之交，即说羊角哀和左伯桃的羊左之交。八拜之交即管鲍之交（管仲和鲍叔牙）、知音之交（俞伯牙与钟子期）、刎颈之交（杜伯和左儒）、舍命之交（羊角哀与左伯桃）、胶漆之交（陈重与雷义）、鸡黍之交（范式与张劭）、生死之交（刘备、关羽与张飞）和忘年之交（孔融与祢衡）。其中《烈士传》中有关于羊左之交的记载：

　　羊角哀、左伯桃二人为死友，欲仕于楚，道阻，遇雨雪不得行，饥寒，自度不俱生。伯桃谓角哀曰："俱死之后，骸骨莫收，内手扪心，知不如子。生恐无益而弃子之能，我乐在树中。"角哀听之，伯桃入树中而死。楚平王爱角哀之贤，以上卿礼葬伯桃。角哀梦伯桃曰："蒙子之恩而获厚葬，正苦荆将军冢相近。今月十五日，当大战以决胜负。"角哀至期日，陈兵马诣其冢，作三桐人，自杀，下而从之。此殁身不负然诺之信也。

唐宋时期有不少诗人写诗歌颂羊左之交，以此来抒发对于贤士的赞咏。其中唐代的吴筠、宋代的史弥巩、释善珍、胡仲弓等人，留下了精彩诗篇。

范武子

经羊角哀墓作

吴筠

祗召出江国，路傍旌古坟。伯桃葬角哀，墓近荆将军。

神道不相得，称兵解其纷。幽明信难知，胜负理莫分。

长呼遂刎颈，此节古未闻。两贤结情爱，骨肉何足云。

感子初并粮，我心正氛氲。迟回驻征骑，不觉空林曛。

咏左伯桃羊角哀墓

史弥巩

馀耳当年刎颈交，所争利害仅毫毛。

一朝泜水相屠戮，岂识羊哀左伯桃。

交情切戒勤终堕，以义存心心必果。

死生可托永无睽，自古中山说羊左。

死交行

释善珍

生交无百年，死交有千载。

196

百年追逐能几何，千载义魄犹相待。

死不知心，生交徒劳，指天誓日儿女曹。

羊角哀，左伯桃，吁嗟此冢今蓬蒿。

次韵柬李希膺

胡仲弓

相逢一笑便忘怀，鼠量难法三百杯。

幕府清闲无檄至，邮筒络绎有诗来。

分朋尽屏牛僧孺，取女亲逢羊角哀。

满眼莺花良不恶，春风吹上越王台。

据嘉庆《范县志》中记载，羊角哀和左伯桃的墓地在新安村黄河头，后被水淹没而不复存在。

五、范邑八景

"八景"似乎是每个地方都有的一个风物景观，也似乎是约定成俗的集合各地八处不同的景致，从而成为当地的一个文化内涵。所谓八景，是指在特定的历史阶段，各地评选出了八处风景秀丽的景观，并有文人用诗词歌赋的形式使八处景色更富有文化气息和历史内涵。当然也有"十景",如西湖十景——断桥残雪、雷峰夕照、三潭印月、苏堤春晓、南屏晚钟等,已经成为杭州最负盛名的景致。范邑八景,分别是顾城春色、羊角秋风、秦台晚照、古塔晴晖、贤冢余香、龙潭烟雨、东郭清流和宝刹横云八个景致。范邑八景至少在明代以前业已形成,但时至今日,八景几乎都在历史的风烟和黄河泛滥中消亡殆尽。如今尚能看到的八景之一,也许只有境内闵子墓村的贤冢余香,即孔夫子的弟子之一闵子骞的陵墓。而其他七处,或许只能在范县旧志和一些文献记载中找寻到一些痕迹。而文人雅士为八景所赋的文学作品,尚能供我们今人品读。

范邑八景最早见于明嘉靖《范县志》,志曰:"山川奇绝景物佳胜,凡达人君子游览登眺而目以适情者,均谓之景也。范地平旷坦夷,绝水之玩然或远古陈迹,聊可驻意。"

顾城春色

周弼

一上荒城望欲迷,远烟浓淡草萋萋。

青丝袅影柳盈岸,红雨飞香花满溪。

图画高低山嶂列,笙歌远景燕莺蹄。

无端景象谁知味,都属诗人任品题。

《顾城春色》取材于古顾城，描写了在匆匆的历史风云变幻后，顾城的春天美景，青丝袅影，红雨飞香，这无端的景象，值得每个文人骚客来品读。

羊角秋风

邑人张杰

驿经羊角景物晴，烈烈英风慷慨生。

计不两全天一色，士逢二义月双清。

黄花叶落山偏瘦，乌鹊飞来树有声。

翻忆寂寥多少恨，令人千古纵关情。

《羊角秋风》主要是根据羊角哀和左伯桃的舍命之交而作，是诗人在羊角城内对于贤士的慷慨抒发的一种情感。

秦台晚照

邑人吕文溥

台古常涵夕照明，昔人传是鲁侯营。

画桥掩映新霞远，云栋高低晚鹊盈。

影接长河秋水色，烟笼古刹暮钟声。

几回勒马斜阳下，览胜能无感慨情。

《秦台晚照》描写了秦台的夕阳之美，通过画桥、云栋、长河、古刹，来表达诗人吊古凭今的情怀。

古塔晴晖

邑人黄质

范阳城外草芊芊，宝塔棱层古刹前。

影捶太空知几代，基铭石刻纪唐年。

东观苍海波光远，北眺神京望气鲜。

驻马临风登胜览，瞳眬晓日罩轻烟。

另古塔晴晖

范令张来凤

晴虹直捶木兰西，百丈棱层不可梯。

骚客凭栏空海岱，仙翁扶槛跨云霓。

倚天自觉星河近，临地翻嫌燕雀低。

最是蓬莱绝顶处，应教晓日下迟迟。

《古塔晴晖》是描写旧城永庆寺中雁塔的作品。县城迁移之后，永庆寺内仅剩下唐代落成的古雁塔矗立不倒，两首诗均描写了古塔的高耸和绝胜。

贤冢余香

邑人高泽

体道潜心让孰过，当季洙泗沐清波。

严辞费宰高千古，孝着韩诗冠四科。

孤冢幽香芳草会，古祠余韵落花多。

春残吊谒归来晚，景仰高风起咏歌。

《贤冢余香》抒发了诗人对于闵子骞的凭吊。闵子骞是孔门七十二贤之一，更是孔门十哲之一，二十四孝之一。

龙潭烟雨

邑人李寿

恩典曾闻出九重，黑龙妙应古今同。

三农共喜僖公泽，四野多承传说功。

古树苍茫凝暮霭，荒禽寂寞唤春风。

断碑无字封苔藓，横枕夕阳卧彩虹。

《龙潭烟雨》描写的是境内龙王庄镇黑龙潭的一首作品。传说有黑龙在深潭擒黄龙从而造福乡里，除恶扬善，斩妖除魔，从而有黑龙潭。

东郭清流

邑人徐智

一爪苍龙范郭东，汪洋道脉泗源通。

清波湛湛汲秋月，绿水迢迢漪晚风。

云外归帆来客舫，渡头飞罩下渔翁。

欲知胜概寰千古，试看长流接太空。

《东郭清流》描写了范邑城郭东郊河流景致，或许是河水的绿水迢迢、清波湛湛打开了诗人的情怀，那云外的来客和渡头的渔翁，都被诗人尽收眼底。

宝刹横云

邑人黄贯

萧然梵余隔红尘，鸟歆钟声杳霭闻。

云点青山浑似画，溪流绿野谩寻真。

圣朝幸际歌尧舜，避世何须问晋秦。

更喜登临成盛览，云林别是一般春。

《宝刹横云》诗中的宝刹，一般是指旧城西峰寺（即永庆寺）。县城和永庆寺被黄河破坏，后被重修。